NÃO BASTA NÃO SER RACISTA

SEJAMOS ANTIRRACISTAS

A FRAGILIDADE BRANCA

ROBIN DIANGELO

NÃO BASTA NAO SER RACISTA

SEJAMOS ANTIRRACISTAS

Tradução
MARCOS MARCIONILO

PUBLICADO POR BEACON PRESS SOB OS AUSPÍCIOS DA UNITARIAN UNIVERSALIST ASSOCIATION OF CONGREGATIONS.

Partes deste livro foram adaptadas de Robin DiAngelo, *The Good Men Project* (https://goodmenproject.com): "White Fragility and the Question of Trust", 3 out. 2016; "White Women's Tears and the Men Who Love Them", 19 set. 2015; "White Fragility and The Rules of Engagement", 13 jun. 2015; de Robin DiAngelo, *What Does It Mean to Be White? Developing White Racial Literacy* (Nova York: Peter Lang, 2016); de Robin DiAngelo, "White Fragility", International Journal of Critical Pedagogy 3, nº 2 (2011): 54-70.

Diretor editorial **PEDRO ALMEIDA**
Coordenação editorial **CARLA SACRATO**
Preparação **MONIQUE D'ORAZIO**
Revisão **BARBARA PARENTE**
Capa e diagramação **OSMANE GARCIA FILHO**

Dados Internacionais de Catalogação na Publicação (CIP)
Angélica Ilacqua CRB-8/7057

Diangelo, Robin J.
Não basta não ser racista : sejamos antirracistas / Robin Diangelo ; tradução de Marcos Marcionilo. — São Paulo : Faro Editorial, 2018.
192 p.

ISBN 978-85-9581-106-5
Título original: White Fragility

1. Racismo 2. Brancos 3. Relações raciais I. Título II. Marcionilo, Marcos

20-1046 CDD 305.8

Índice para catálogo sistemático:
1. Racismo 305.8

1ª edição brasileira: 2020
Direitos de edição em língua portuguesa, para o Brasil, adquiridos por FARO EDITORIAL

Avenida Andrômeda, 885 – Sala 310
Alphaville – Barueri – SP – Brasil
CEP: 06473-000
www.faroeditorial.com.br

Por e para Sofía.

Esses rituais em louvor da supremacia branca,
praticados desde a infância, deslizam
da mente consciente para dentro dos músculos...
e se tornam duros de extirpar.

— LILLIAN SMITH,
Killers of the Dream (1949)

SUMÁRIO

Introdução à edição brasileira

Foi na década de 1990 que percebi, pela primeira vez, padrões do que passei a denominar como fragilidade branca.

Em 2011, publiquei um artigo acadêmico descrevendo esses padrões e teorizando sobre como eles se desenvolvem e funcionam. O artigo rapidamente viralizou, repercutindo em todas as partes do mundo e comecei a receber e-mails de pessoas afrodescendentes descrevendo suas experiências ao conversar com brancos sobre racismo e me incentivando a publicar o artigo em seus idiomas.

"Por favor, venha aqui e nos ajude a explicar como o racismo acontece nas sutilezas para essas pessoas," escreveram muitos deles.

No capítulo 2 abordo a tal da superioridade branca, mais conhecida como supremacia branca, uma ideia relativamente nova que se desenvolveu nos Estados Unidos como justificativa para a escravização de africanos sequestrados. No entanto, essa ideia não é exclusiva do meu país, hoje já circula mundialmente e precisa ser combatida.

Embora as histórias variem entre países, o resultado é consistente: existe uma vantagem institucionalizada dos brancos e, ao mesmo tempo, uma fragilidade desses quando a sua superioridade e vantagens são questionadas.

Estes estudos já foram apresentados no Canadá, Reino Unido, Austrália e África do Sul. Eu sempre pesquiso muito antes e faço pequenos ajustes sobre qual direcionamento seguir em cada região. Como os aborígenes na Austrália, os indígenas no Canadá, os negros no Brasil e quais narrativas são mais populares para negar essa segmentação. Falas que podem passar como inocentes como "o mundo está ficando chato" são um sintoma disso.

Enquanto algumas pessoas brancas reconhecem o problema, muitas outras negam. "Não existe racismo por aqui, isso é coisa de americanos," alguns fazem coro dessas afirmações, inclusive no Brasil. Ao mesmo tempo, a maioria das pessoas que não são brancas, nesses contextos, ficam aliviadas por termos apresentado a ideia da fragilidade branca e demonstrar como ela acontece na prática.

O padrão de brancos negando o que pessoas de outra cor estão dizendo sobre suas realidades sociais é igual em todas as partes do mundo. E quanto menos uma comunidade falar sobre racismo, mais profundo serão os padrões dessa fragilidade branca.

Há várias concepções subjacentes à negação do racismo e à vantagem branca: individualismo, excepcionalismo, direito ao conforto racial e imposição de qualquer trabalho de justiça racial considerado necessário. São todas estas questões que coloco em discussão com profundidade neste livro.

À luz desses conceitos, ofereço aos leitores brasileiros dois apelos à ação. Primeiro, o racismo realmente existe no Brasil e você foi necessariamente moldado pelas forças que ele exerce. Não estar ciente de como o racismo opera no seu contexto não significa que o racismo não exista. Basta ver os números de desigualdade racial, salários, acessos, posições de comando, presença em lugares sofisticados... Aceite a premissa de que o racismo no Brasil é real e depois procure enxergá-lo em todos os ambientes e entender como ele se sustenta.

Segundo, rompa com a apatia do privilégio e do conforto dos brancos e promova os debates. Vocês conhecem seu próprio contexto de uma maneira que eu não conheço. Façam os ajustes necessários para se adequar a sua realidade. Por exemplo, substituam afro-americanos por negros, porque são apenas diferenças de nomenclaturas. Não se percam nesses detalhes, porque a estrutura da argumentação é a mesma.

Ao invés de pensar: "isso se aplica aqui?" use "como isso se aplica aqui".

A primeira pergunta provavelmente suscitará uma fácil negação. Já a última mudará a responsabilidade e abrirá o potencial para ações que nos levem a uma sociedade mais justa.

Se nos recusarmos a ver um problema, não poderemos lidar com ele.

ROBIN

PREFÁCIO

Keyser Söze, Beyoncé, e o Programa de Proteção a Testemunhas

MICHAEL ERIC DYSON

UMA METÁFORA PARA RAÇA E RACISMO NÃO BASTARÁ. Raça e racismo são, ao final das contas, forças excessivamente complicadas. Não! Temos necessidade de muitas metáforas, atuando em concerto, até mesmo em diferentes áreas da cultura por meio de uma mais clara divisão do labor linguístico. Raça é uma condição. Uma doença. Um cartão. Uma praga. Pecado original. Em grande extensão da história, a raça tem sido uma questão da cultura negra; o racismo, um peso para a pessoa negra. Ou, então, substitua o negro por qualquer pessoa de cor e você terá o mesmo problema. Por outro lado, a branquitude permanece constante. Na equação da raça, outra metáfora para raça acena; a branquitude é a variável constante. Ou, para trocar de metáfora, a branquitude tem sido, para citar a expressão ressonante de Amiri Baraka, o "mesmo mutante", uma força altamente adaptável e fluida que se mantém no topo, onde quer que desembarque. Em certo sentido, a branquitude é, ao mesmo tempo, o meio de dominação, o fim para o qual a dominação aponta e o ponto de dominação que, em sua forma mais pura, em sua maior fantasia, nunca cessa.

Só para ficar claro: tanto quanto o resto do conceito de raça, a branquitude é uma ficção, aquilo que no jargão acadêmico se denomina de construto social, um mito fabricado que tem força empírica por conta de seu efeito, não de sua essência. Mas a branquitude vai ainda mais longe: ela é uma categoria identitária ainda mais útil quando sua própria existência é negada. Esse é seu gênio perverso. A branquitude encarna a advertência de Charles Baudelaire: "O truque mais esperto do diabo é convencer-nos de que ele não existe". Ora, assim como diz um *alter ego* do personagem Keyser Söze no filme *Os suspeitos* (1995), "o maior truque que o diabo armou foi convencer o mundo de que ele não existia". O diabo. Racismo. Outra metáfora. A mesma diferença.

Robin DiAngelo está aqui para anunciar, nos termos dos evangélicos — e de *rappers* como Rick Ross e Jay-Z — "O diabo é uma mentira". A branquitude, como raça, pode não ser *verdadeira* — ela não é uma característica biologicamente hereditária com raízes em estruturas psicológicas, em genes ou em cromossomos. Mas é *real*, no sentido de que sociedades, direitos, bens, recursos e privilégios foram construídos a partir dela. DiAngelo nomeia brilhantemente uma branquitude que não quer ser nomeada, põe a nu uma branquitude que se camufla de humanidade, desmascara uma branquitude mascarada e arrasta para o centro do palco uma branquitude que preferiria se ocultar numa invisibilidade visível.

Não é suficiente ser um retórico e um semioticista para desconstruir e desmitologizar a branquitude. É preciso ser um mago do político e do social, um alquimista do espiritual e do psicológico também. É preciso afastar os estereótipos racistas e invocar uma rica história de combate à supremacia branca, aos privilégios brancos, às mentiras brancas — uma história frequentemente enterrada bem fundo no escuro, rico, negro solo da história. DiAngelo sabe: o que ela está dizendo às pessoas brancas neste livro é aquilo que tantas pessoas negras têm pensado e em que têm acreditado, repetido no decorrer dos anos sem ser ouvidas, porque os ouvidos brancos eram muito sensíveis e as almas brancas, muito frágeis.

DiAngelo se junta à linha de frente de pensadores brancos antirracistas com um chamado vibrante à consciência e, mais importante, à conscientização de seus irmãos e irmãs brancos. A fragilidade branca é uma ideia geradora; é um conceito crucial, que nos inspira a pensar mais profundamente sobre como as pessoas brancas entendem sua branquitude e reagem defensivamente ao serem convocadas a se responsabilizar pelo ponto extremo a que ela chegou por tanto tempo, sob o radar da raça. DiAngelo é sábia e esclarecedora em seu ataque implacável contra aquilo que Langston Hughes chamou de "os modos dos brancos", mas ela também é sensata e antissentimental ao desvendar as ameaças entrelaçadas de destino social e de prescrição política que amarram a identidade branca à neutralidade moral e à universalidade cultural.

DiAngelo interpela corajosamente o colapso da branquitude no âmbito da identidade coletiva. Ninguém menos que Beyoncé Knowles observou recentemente: "Disseram que o racismo é tão americano que quando protestamos contra o racismo, alguém presume estarmos protestando contra os Estados Unidos". DiAngelo prova que Beyoncé tem razão, que o fluir da identidade branca para a identidade americana — de crenças racistas para crenças nacionais — deve ser encarado com uma insistência expressiva: ser americano não significa ser branco, pelo menos não exclusivamente, nem primeiramente. Esse país é muito mais complicado em seu autoentendimento coletivo. DiAngelo, de maneira magistral, distingue a noção de que a identidade política é uma praga, pelo menos quando envolve gente de cor ou mulheres. Ela desmonta o castelo de cartas raciais brancas construído sobre a premissa de que ele pode, ou tem de se basear em algo para além da identidade política.

DiAngelo nos força a ver que toda a política se baseou em identidades e que tais identidades são traços críticos do combate que nos levou a errar no esforço de fazer as coisas da maneira certa — e que muito frequentemente significou branqueá-las. Não temos como nomear os inimigos da democracia, da verdade ou da justiça se não pudermos dar nome às identidades às quais estivemos amarrados. Durante a maior parte de nossa história, homens brancos heterossexuais estiveram envolvidos em um programa de proteção a testemunhas que preserva suas identidades e as inocenta de seus crimes, ao mesmo tempo que lhes oferece um futuro imune aos ônus e pecados do passado.

Robin DiAngelo é a nova xerife racial da cidade. Ela está implantando uma lei e uma ordem diferentes que incidirão sobre os comportamentos raciais. Em vez de encobrir uma branquitude que se recusou a encarar seus benefícios e vantagens, seus erros e faltas, ela buscou exibir a humanidade dos injustamente difamados, expondo as ofensas dos imerecidamente celebrados.

A fragilidade branca é uma ideia que vem à tona e registra os sentimentos feridos, os egos destroçados, as almas desesperadas, os corpos envergonhados e as emoções esgotadas dos brancos. Na verdade, o sofrimento deles vem do reconhecimento de serem brancos — de sua branquitude lhes ter dado uma grande vantagem na vida enquanto esmagavam os sonhos dos demais; de sua branquitude ser o mais claro exemplo da política de identidade que eles afirmam ser prejudicial e de sua branquitude tê-los impedido de crescer na velocidade em que deveriam se não tivessem se encostado tão preguiçosamente nela para passar a vida. Este é um livro vital, necessário e belo, um apelo estimulante às pessoas brancas de todos os lugares a verem sua branquitude tal qual ela é e a abraçar a oportunidade de transformar as coisas a partir de agora. Robin DiAngelo joga todas as muletas fora e pede que as pessoas brancas finalmente amadureçam e encarem o mundo que criaram, ao mesmo tempo que busca ajudar a refazê-lo para aqueles que não têm o mesmo privilégio delas, nem a mesma proteção.

NOTA DA AUTORA

POLÍTICA DE IDENTIDADE

Os Estados Unidos foram fundados sobre o princípio de que todas as pessoas são criadas iguais. Não obstante, a nação se iniciou com a tentativa de genocídio dos povos indígenas e do roubo de suas terras. A riqueza norte-americana foi construída sobre o trabalho forçado de africanos sequestrados e escravizados e de seus descendentes. O voto foi negado às mulheres até 1920; às mulheres negras, até 1965. A expressão *política de identidade* põe o foco nas barreiras enfrentadas por grupos específicos em sua luta por igualdade. Ainda não atingimos nosso princípio fundador, mas alguns dos ganhos que conquistamos até agora nos vêm pela via da política de identidade.

As identidades daqueles que têm acesso aos núcleos de poder se mantiveram claramente similares: brancos, sexo masculino, classes média e alta, sem deficiências. Reconhecer esse fato pode ser rotulado de correção política; mas, mesmo assim, ainda subsiste como fato. As decisões tomadas nesses núcleos afetam a vida daqueles sem acesso a eles. A exclusão praticada pelos que têm acesso não depende de intenção explícita; não precisamos decidir excluir para que o resultado de nossas ações seja a exclusão. Mesmo que uma tendência implícita esteja sempre em ação, visto que todos os seres humanos sempre se inclinam para algo, a desigualdade pode ocorrer simplesmente por meio da homogeneidade; se não tomo conhecimento das barreiras que você enfrenta, então não as verei, muito menos me comprometerei com sua remoção. Menos ainda terei motivo para remover as barreiras se elas me fornecerem alguma vantagem da qual eu me sinta merecedora.

Todas as nossas conquistas no campo dos direitos civis só foram possíveis mediante políticas de identidade: o voto das mulheres, a Lei dos Americanos Portadores de Deficiência [1990], Título 9, o reconhecimento federal do casamento de pessoas de mesmo sexo. Uma questão decisiva para a eleição presidencial de 2016 foi a classe branca operária. Todas essas são manifestações de políticas de identidade.

Veja o voto feminino, por exemplo. Se o fato de ser mulher lhe nega o direito de votar, você, *ipso facto,* não pode garanti-lo a si mesma. Você seguramente não pode votar seu direito ao voto. Se os homens controlam todos os mecanismos que excluem as mulheres do voto, bem como todos os mecanismos que possam reverter essa exclusão, elas devem reivindicar dos homens a justiça. Você pode nunca ter conversado sobre o direito das mulheres a votar e sobre a necessidade de os homens o garantirem sem nomear mulheres e homens. Não nomear os grupos que encaram barreiras serve apenas àqueles que já têm acesso garantido; a afirmativa é que o acesso disponível ao grupo controlador é universal. Por exemplo, embora aprendamos que as mulheres tiveram acesso ao voto em 1920, ignoramos o fato de que foram as mulheres brancas que tiveram pleno acesso e que eram brancos também os homens que o garantiram. Apenas na década de 1960, por meio da Lei dos Direitos de Voto, é que todas as mulheres — independentemente de raça — tiveram pleno direito ao voto. Dar nome a quem tem e quem não tem acesso orienta nossos esforços para questionar a injustiça.

Este livro está assumidamente arraigado na política de identidade. Sou branca e me dirijo a uma dinâmica branca comum. Escrevo principalmente para um público branco; quando uso os termos *nós* e *nos,* refiro-me à coletividade branca. Esse uso pode até abalar leitores brancos, porque rarissimamente somos convidados a pensar sobre nós ou sobre nossos semelhantes brancos em termos raciais. Todavia, em vez de bater em retirada diante desse desconforto, podemos exercitar nossa resistência no exame crítico da identidade branca — um antídoto necessário à fragilidade branca. Isso suscita outra questão enraizada na política de identidade: ao falar como uma pessoa branca a um público principalmente branco, continuo falando às pessoas e à voz brancas. Não enxerguei como resolver esse dilema, pois, como alguém de dentro, posso falar à experiência branca de uma maneira que pode ser mais difícil de refutar. Então, embora eu esteja me concentrando na voz branca, também estou usando meu pertencimento para questionar o racismo. Não usar minha posição para esse fim é defender o racismo, algo inaceitável; tenho de viver em um "ambas as coisas". Eu nunca arriscaria dizer que minha voz é a única que deve ser ouvida, digo apenas que ela é uma das muitas peças necessárias para montar o conjunto desse quebra-cabeça geral.

Pessoas que não se identificam como brancas também podem achar este livro útil para entender por que é quase sempre tão difícil falar aos brancos sobre racismo. As pessoas de cor não podem se furtar de entender a consciência branca em alguma medida se quiserem ter êxito nessa sociedade, mesmo que nada na cultura dominante afirme seu entendimento ou valide suas frustrações quando elas interagem com pessoas brancas. Espero que essa prospecção afirme as experiências inter-raciais das pessoas de cor e forneça alguma intuição válida.

Este livro olha para os Estados Unidos e para o contexto geral do Ocidente (Estados Unidos, Canadá e Europa). Ele não toca em nuances e variações específicas de outros cenários sociopolíticos. Mesmo assim, os mesmos padrões foram observados em pessoas brancas de outras sociedades coloniais brancas como Austrália, Nova Zelândia e África do Sul.

E AS PESSOAS MULTIRRACIAIS?

No decorrer deste livro, argumento que o racismo é profundamente complexo e matizado e que, diante disso, jamais poderemos dizer que nosso aprendizado está completo ou acabado. Temos um exemplo dessa complexidade no simples uso das categorias raciais "branco" e "pessoa de cor". Eu uso os termos *branco* e *pessoas de cor* para indicar os dois macroníveis, as duas divisões socialmente reconhecidas da hierarquia racial. Mesmo usando esses termos, estou desconsiderando uma grande variação. E embora eu creia (pelas razões expostas no Capítulo 1) que suspender temporariamente a individualidade para nos concentrar na identidade de grupo seja saudável para as pessoas brancas, fazer isso também provoca muitos e diversos impactos sobre as pessoas de cor. Especialmente para pessoas multirraciais: essas categorias binárias as abandonam em um frustrante "meio-termo".

Pelo fato de desafiarem limites e construtos raciais, as pessoas multirraciais encaram desafios únicos em uma sociedade na qual as categorias raciais têm um sentido profundo. A sociedade dominante lhes atribuirá a identidade racial com a qual elas se pareçam mais fisicamente, mas sua própria identidade racial interna pode não estar alinhada à identidade que lhes seja atribuída. Por exemplo, embora o músico Bob Marley fosse multirracial, a sociedade o percebia como negro e, assim, respondia a ele como se ele fosse negro. Quando a identidade racial das pessoas multirraciais é ambígua, elas enfrentam uma pressão constante para se explicarem e "se decidirem por um lado". A identidade racial para elas fica ainda mais complicada pela identidade racial de seus pais e pela demografia racial da comunidade na qual tenham crescido. Por exemplo, embora uma criança possa parecer negra e ser tratada como tal, ela pode ter sido criada primariamente por um(a) genitor(a) branco(a) e, por isso, identificar-se mais fortemente como branca.

A dinâmica do que é classificado como "se passar por" — ser percebido como branco — também formatará a identidade de uma pessoa multirracial, visto que o "se passar por branco" lhe garantirá as compensações sociais da branquitude. Contudo, pessoas de herança racial mista que se passam por brancas também podem fazer a experiência do ressentimento e do isolamento por parte das pessoas de cor que não podem se passar por brancas. As pessoas multirraciais podem não ser encaradas como pessoas "realmente" de cor, nem "realmente" brancas. (Vale notar que, embora a expressão "se passar por branco" se refira à habilidade de se misturar como uma pessoa branca, não há um termo correspondente para a habilidade de se passar por uma pessoa de cor. Isso evidencia o fato de que, numa sociedade racista, a direção desejada segue sempre o rumo da branquitude, para longe de alguém ser percebido como pessoa de cor.)

Não conseguirei fazer justiça à complexidade da identidade multirracial. Todavia, para os propósitos de lidar com a fragilidade branca, ofereço às pessoas multirraciais o conceito de *saliência*. Todos nós ocupamos posições sociais múltiplas e interseccionadas. Eu sou branca, mas também sou uma mulher cisgênero, sem deficiência e de meia-idade. Essas identidades não se anulam umas às outras; cada uma delas é mais ou menos saliente em diferentes contextos. Por exemplo, em um grupo no qual eu seja a única mulher, o gênero tenderá a ser o mais saliente para mim. Quando estou em um grupo que seja todo de brancos, à exceção de uma pessoa de cor, a raça tenderá ser o mais saliente em minha identidade. Na medida em que for lendo, caberá a você decidir o que toca a sua experiência e o que não toca, em quais contextos. Minha esperança é que você possa compreender o motivo pelo qual as pessoas que se identificam como brancas têm tanta dificuldade para conversar sobre raça e/ou entender suas próprias respostas raciais enquanto navega pelas turbulentas águas raciais da vida cotidiana.

INTRODUÇÃO

NÃO CHEGAREMOS LÁ INDO POR AQUI

Eu sou uma mulher branca. Estou ao lado de uma mulher negra. Estamos diante de um grupo de pessoas brancas sentadas de frente para nós. Estamos em seu local de trabalho e fomos contratadas por seu empregador para conduzi-las num diálogo sobre raça. A sala está cheia de tensão e carregada de hostilidade. Acabei de apresentar uma definição de racismo que implica o reconhecimento de que os brancos detêm o poder social e institucional sobre as pessoas de cor. Um homem branco está batendo o punho na mesa. Enquanto bate, ele grita: "Uma pessoa branca não consegue mais emprego!". Olho para a sala e vejo quarenta funcionários, sendo trinta e oito deles brancos. Por que esse homem está tão furioso? Por que ele não tem o menor cuidado com o impacto de sua raiva? Por que não se dá conta do efeito que sua explosão produz nas poucas pessoas de cor na sala? Por que todas as outras pessoas brancas estão sentadas ou em silencioso acordo com ele ou simplesmente desligadas? Afinal de contas, tudo o que fiz foi expor uma definição de racismo.

AS PESSOAS BRANCAS DO OCIDENTE VIVEM EM UMA SOCIEdade profundamente dividida e desigual segundo o critério de raça e são as beneficiárias dessa divisão, dessa desigualdade. Consequentemente, estamos protegidos do estresse racial, ao mesmo tempo que nos sentimos merecedores e dignos de nossas vantagens. Diante do fato de que raramente experimentamos desconforto racial numa sociedade que dominamos, não tivemos que construir resistência racial. Socializados em um sentimento de superioridade profundamente internalizado do qual não nos damos conta ou que nunca admitimos para nós mesmos, nós nos tornamos muito frágeis quando falamos sobre raça. Classificamos um desafio a nossas visões raciais de mundo como um desafio a nossas próprias identidades de pessoas boas e éticas. Então, percebemos toda tentativa de nos vincular ao sistema racista como uma ofensa moral perturbadora e injusta. A menor dose de estresse racial é intolerável — frequentemente, a simples sugestão de que ser branco tem um significado faz disparar uma gama de respostas defensivas. Isso inclui emoções como raiva, medo e culpa, além de comportamentos tais como altercação, silêncio e retração da situação indutora de estresse. Essas respostas trabalham para restaurar o equilíbrio branco, na medida em que repelem o desafio, reinstalam nosso conforto racial e mantêm nosso domínio no interior da hierarquia racial. Classifico esse processo como *fragilidade branca*. Embora seja acionada pelo desconforto e pela ansiedade, a fragilidade branca nasce da superioridade e do "direito". Ela não é fraqueza *per se*. Na realidade, é um meio poderoso de controle racial branco e de proteção das vantagens brancas.

Resumir os padrões familiares das respostas das pessoas brancas ao desconforto racial como fragilidade branca teve eco em muitas pessoas. A sensibilidade é tão familiar porque, embora nossas narrativas pessoais variem, estamos todos nadando nas mesmas águas raciais. Para mim, o reconhecimento adveio de meu trabalho. Tenho um emprego raro. Todos os dias coordeno públicos, principalmente brancos, em discussões sobre raça, algo que muitos de nós evitam a todo custo.

Quando comecei a trabalhar com o que, à época, era chamado de treinamento para a diversidade, fiquei surpresa ao ver o quão furiosas e defensivas tantas pessoas brancas ficavam diante da simples sugestão de que elas, de alguma maneira, estavam implicadas no racismo. A simples ideia de que poderiam ser convidadas para um seminário sobre racismo era uma afronta. Entravam na sala furiosas e deixavam claro esse sentimento durante o dia: batendo o caderno na mesa, recusando-se a participar dos exercícios e retrucando todo e qualquer ponto de vista.

Eu não conseguia entender seu ressentimento ou desinteresse em aprender mais sobre uma dinâmica social tão complexa quanto o racismo. Essas reações me provocavam perplexidade especialmente porque havia poucas pessoas de cor, quando não nenhuma, em seus locais de trabalho, e elas tinham a oportunidade de aprender com meus colaboradores não brancos. Eu achava que, nessas circunstâncias, um seminário educativo sobre racismo seria bem aceito. Afinal de contas, a falta de diversidade não apontava para um problema ou, pelo menos, não estaria sugerindo que algumas perspectivas estavam ausentes? Ou que os participantes poderiam ter sido insuficientemente instruídos sobre raça ante a escassez de interação inter-racial?

Levei vários anos para ver o que havia por trás dessas reações. No começo, fiquei intimidada, elas me travaram e me mantiveram precavida e calada. Com o tempo, porém, comecei a ver o que havia por baixo dessa raiva e resistência em discutir sobre raça ou a ouvir pessoas de cor. Observei respostas consistentes da parte de muitos participantes. Por exemplo, muitos participantes brancos que viviam em bairros tipicamente de brancos e não mantinham relações constantes com pessoas de cor demonstravam absoluta certeza de que não alimentavam preconceito ou animosidade racial. Outros reduziam simplisticamente o racismo a uma questão de pessoas boas *versus* pessoas más. Muitos deles pareciam acreditar que o racismo fora extinto em 1865 com o fim da escravidão. Havia tanto uma defesa automática ante a menor sugestão de que ser branco tinha um significado quanto uma recusa em reconhecer toda e qualquer vantagem em ser branco. Muitos participantes defendiam que as pessoas brancas é que tinham passado a ser o grupo oprimido, ressentindo-se profundamente diante da mínima coisa percebida como uma forma de ação afirmativa. Essas respostas eram tão previsíveis — tão consistentes e fidedignas — que me tornei capaz de parar de tomar a resistência em nível pessoal, vencer minha própria evasão do conflito e refletir sobre o que estava por trás de tudo isso.

Comecei a ver o que eu considero serem os pilares da branquitude — as crenças automáticas que fundamentam nossas respostas raciais. Foi então que pude ver o poder da crença de que só as pessoas más eram racistas, assim como de que forma o individualismo permitia às pessoas brancas se imunizarem contra as forças de socialização. Pude ver a forma como nos ensinam a pensar sobre o racismo apenas como atos discretos isolados cometidos por indivíduos e não como um sistema complexo e interligado. E, à luz de tantas expressões brancas de ressentimento contra as pessoas de cor, entendi que vemos a nós mesmos como merecedores, e até mesmo dignos, de ter muito mais do que as pessoas de cor; eu vi nosso investimento em um sistema que está a nosso serviço. Vi também como trabalhamos duro para negar tudo isso e como nos tornamos defensivos quando essas dinâmicas são mencionadas. Por outro lado, vi como nossas atitudes de defesa mantinham o *status quo* racial.

Refletir pessoalmente sobre meu próprio racismo, ter uma visão mais crítica das mídias e de outros aspectos da cultura e me expor às perspectivas de muitos mentores brilhantes e pacientes, todos de cor, ajudaram-me a ver como os pilares do racismo funcionavam. Ficou claro que, se eu acreditasse que só pessoas más com a intenção de ferir outras por causa da raça podiam fazê-lo, eu responderia com furor a toda e qualquer mínima sugestão de que eu pudesse estar envolvida com o racismo. Claro que essa crença iria me fazer sentir falsamente acusada de algo terrível e, naturalmente, eu iria querer defender meu caráter (e, certamente, vivi muitos momentos desses: reagir refletindo exatamente isso). Consegui ver que a maneira de definir racismo que aprendíamos torna praticamente impossível às pessoas brancas entendê-lo. Diante de nosso isolamento racial, aliado à desinformação, a mínima sugestão de sermos cúmplices do racismo é um tipo de choque indesejável e insultuoso ao sistema.

Contudo, mesmo eu entendendo o racismo como um sistema no qual fui socializada, posso acolher um *feedback* sobre meus padrões raciais problemáticos como um modo útil de promover meu aprendizado, meu crescimento. Um dos maiores temores sociais de uma pessoa branca é ouvir que algo dito ou feito por nós é racialmente problemático. Mesmo quando alguém nos faz ver que acabamos de fazer algo assim, em vez de responder com gratidão e alívio (afinal, agora que estamos informados, não o faremos de novo), quase sempre reagimos com raiva e negatividade. Momentos assim só poderão ser vividos como algo valioso, mesmo que temporariamente doloroso, depois de aceitarmos o racismo como evitável e que é impossível escapar completamente depois de termos desenvolvido pontos de vista e comportamentos raciais problemáticos.

Nenhuma das pessoas brancas cujas ações descrevo neste livro se identificaria como racistas. Na realidade, elas estariam mais inclinadas a se identificar como racialmente liberais e a negar veementemente toda e qualquer cumplicidade com o racismo, embora todas as suas respostas sejam exemplos da fragilidade branca e de como ela sustenta a posição do racismo. Tais respostas incitam as frustrações e as indignidades diárias infligidas às pessoas de cor por pessoas brancas que se veem como receptivas e, claro, não racistas. Este livro é para nós, para os progressistas brancos que tão frequentemente — a despeito de nossas intenções conscientes — dificultamos tanto a vida das pessoas de cor. Acredito que *progressistas brancos são os que causam diariamente o maior prejuízo às pessoas de cor.* Defino um progressista branco como toda pessoa branca que se declara não racista, menos racista, participativa ou já assimilada. Progressistas brancos podem ser os mais difíceis para as pessoas de cor porque, na medida em que pensamos já ter chegado lá, poremos toda a nossa energia em nos certificar de que as outras pessoas nos vejam como já tendo chegado. Nada de nossa energia será posta em fazer o que precisamos fazer pelo resto de nossas vidas: trabalhar por autoconsciência crescente, por educação continuada, por construção de relações e por práticas antirracistas reais. Progressistas brancos realmente defendem e perpetram o racismo, mas nossas reações de defesa e de certeza tornam praticamente impossível explicar a nós mesmos como fazemos isso.

O racismo tem estado entre os dilemas sociais mais complexos. Mesmo não existindo raça biológica tal qual a entendemos (ver Capítulo 2), a raça como construto social tem profundo significado e molda todos os aspectos de nossa vida.[1] A raça influenciará se sobreviveremos a nosso nascimento, onde provavelmente iremos viver, que escolas frequentaremos, quais serão nossos amigos e parceiros, que carreiras seguiremos, quanto dinheiro ganharemos, o quão saudáveis seremos e até mesmo nossa expectativa de vida.[2] Este livro não tenta fornecer solução para o racismo nem tenta provar que o racismo existe: eu já tomo isso como premissa. Meu objetivo é tornar visível o modo como um aspecto da sensibilidade branca continua a manter o racismo no lugar: a fragilidade branca.

Explicarei o fenômeno da fragilidade branca, como o desenvolvemos, como ele protege a desigualdade racial e o que temos de fazer a respeito dele.

CAPÍTULO 1

OS DESAFIOS DE FALAR AOS BRANCOS SOBRE RACISMO

NÃO NOS VEMOS EM TERMOS RACIAIS

Sou norte-americana, branca, criada nos Estados Unidos. Tenho um quadro de referência e uma visão de mundo brancos e me movo no mundo segundo uma experiência branca. Minha experiência não é uma experiência humana universal. É uma experiência particularmente branca em uma sociedade na qual a raça é profundamente determinante; uma sociedade profundamente dividida e desigual pelo critério racial. Mesmo assim, como a maioria das pessoas brancas, não aprendi a me ver em termos raciais, assim como não aprendi a chamar a atenção sobre minha raça ou a me comportar como se isso tivesse alguma relevância. Obviamente, desenvolvi a consciência de que a raça de *alguém* tinha importância, e se fosse para discutir raça, seria a deles, não a minha. Mesmo assim, um componente fundamental da construção da habilidade inter-racial é enfrentar o desconforto de ser vistos racialmente, de ter de agir como se nossa raça importasse (e importa!). Ser visto racialmente é um disparador comum da fragilidade branca. Logo, para construir nossa resistência racial, enquanto pessoas brancas, precisamos encarar o primeiro desafio: dar nome à nossa raça.

NOSSAS OPINIÕES CARECEM DE INFORMAÇÃO

Nunca conheci uma pessoa branca que não tivesse uma opinião sobre racismo. De fato, não é possível crescer ou viver algum tempo significativo — em qualquer cultura com uma história de colonização ocidental — sem desenvolver opiniões sobre racismo. E as opiniões dos brancos sobre racismo tendem a ser fortes. E, ainda por cima, as relações raciais são profundamente complexas. Temos de levar em conta que, a menos que tenhamos nos dedicado a um estudo contínuo e explícito, nossas opiniões são necessariamente desinformadas, quando não ignorantes. Como posso dizer que, se você for branco, suas opiniões sobre racismo tendem a ser ignorantes, quando nem mesmo o conheço? Posso dizê-lo porque nada na cultura geral ocidental nos dá as informações de que precisamos para ter uma compreensão ponderada da dinâmica social indiscutivelmente mais duradoura dos últimos séculos.

Por exemplo, posso ser considerada habilitada a dirigir uma empresa grande ou pequena sem a menor compreensão das perspectivas ou experiências das pessoas de cor, com pouco ou nenhum relacionamento com pessoas de cor e praticamente nenhuma habilidade para lidar criticamente com o tópico "raça". Posso fazer um curso universitário completo sem nem ao menos discutir racismo. Posso me formar em Direito sem tocar em racismo. Posso fazer um curso de formação docente sem ouvir falar do tema do racismo. Se eu fizer algum curso considerado progressista, posso ter a oportunidade de fazer uma disciplina optativa sobre "diversidade". Alguns professores terão lutado durante anos para me conseguir esse curso, tendo tido de superar a resistência da maioria de seus colegas brancos, e ainda terão de lutar para manter o curso aberto. Nesse curso de diversidade, poderemos ler autores "étnicos" e entrar em contato com heróis e heroínas provenientes de vários grupos de cor, mas sem garantia de que discutiremos racismo.

De fato, quando tentamos falar aberta e honestamente sobre raça, a fragilidade branca emerge imediatamente, na mesma medida em que frequentemente topamos com silêncio, atitudes defensivas, polêmica, certeza e outras formas de contra-ataque. Essas não são respostas naturais; elas são forças sociais que nos impedem de atingir o conhecimento racial de que precisamos para nos envolver mais produtivamente e funcionam para sustentar poderosamente a hierarquia racial no lugar em que ela se encontra. Tais forças incluem as ideologias do individualismo e da meritocracia, as estreitas e repetitivas representações das pessoas de cor difundidas pelas mídias, a segregação nas escolas e nos bairros, as representações da branquitude como ideal humano, a história truncada, as piadas, os alertas, os tabus contra falar abertamente sobre raça e a solidariedade branca.

Barrar as forças do racismo é trabalho contínuo, de uma vida toda porque as forças que nos condicionam a estruturas racistas estão sempre em ação; nosso aprendizado nunca será completo. Especialmente porque nossa definição simplista de racismo — como atos intencionais de discriminação racial cometidos por indivíduos antiéticos — gera a confiança de que não somos parte do problema e que nosso aprendizado está completo. Por exemplo, talvez você já tenha ouvido alguém dizer: "Aprendi a tratar todas as pessoas com igualdade", ou "o que as pessoas precisam é aprender a se respeitar umas às outras e isso começa em casa". Essas afirmações tendem a encerrar a discussão e o aprendizado que adviria de um engajamento duradouro. Portanto, não são convincentes para a maioria das pessoas de cor e simplesmente invalidam suas experiências. A maioria das pessoas brancas simplesmente não entende o processo de socialização. Esse será nosso próximo desafio.

NÃO ENTENDEMOS A SOCIALIZAÇÃO

Quando falo com pessoas brancas sobre racismo, as respostas delas são tão previsíveis que, às vezes, me sinto como se todos estivéssemos encenando falas de um roteiro compartilhado. E, em certa medida, estamos porque somos atores em uma cultura comum. Um aspecto importante do roteiro branco deriva do fato de nos vermos como simultaneamente objetivos e únicos. Para entender a fragilidade branca, temos de começar a entender por que não podemos ser as duas coisas ao mesmo tempo; precisamos entender as forças da socialização.

Damos sentido a percepções e experiências através de nossas lentes culturais específicas. E essas lentes não são nem universais nem objetivas e, sem elas, ninguém consegue funcionar em sociedade humana alguma. Contudo, explorar essas estruturas culturais pode ser especialmente desafiante, exatamente por conta das duas ideologias-chave ocidentais: individualismo e objetividade. Em suma, o individualismo sustenta que somos, cada qual, únicos e situados à parte dos outros, até mesmo no interior de nossos grupos sociais. A objetividade nos diz que é possível sermos isentos de todas as inclinações. Essas ideologias tornam muito difícil para os brancos explorarem os aspectos coletivos da experiência branca.

O individualismo é uma trama narrativa que cria, comunica, reproduz e reforça o conceito de que cada um de nós é um indivíduo único e que nossos atributos grupais, tais como raça, classe ou gênero, não têm o menor papel em nossas oportunidades. O individualismo postula que não há barreiras intrínsecas para o sucesso individual e que o fracasso não é produzido pelas estruturas sociais, mas é consequência do caráter individual. Obviamente nós ocupamos classe, gênero e raça distintos, além de outras posições que modelam profundamente nossas chances na vida de modos que não são naturais, voluntários ou aleatórios; as oportunidades não são igualmente distribuídas por raça, classe e gênero. Em alguma medida, sabemos que o filho de Bill Gates nasceu em um ambiente de oportunidades que o beneficiarão durante toda a sua vida, seja ele medíocre ou excepcional. E embora o filho de Gates tenha sido sorteado com vantagens imerecidas, nós nos agarramos firmemente à ideologia do individualismo quando nos pedem para analisar nossas próprias vantagens imerecidas.

Apesar de nosso discurso de que os grupos sociais não têm importância e de que vemos a todos como iguais, sabemos que ser um homem tal como definido pela cultura dominante é diferente de ser uma mulher. Sabemos que ser visto como velho é diferente de ser visto como jovem, rico é diferente de pobre, não ter deficiência é diferente de ter deficiência, gay é diferente de heterossexual, e por aí vai. Esses grupos todos importam, mas não importam naturalmente, é o que somos frequentemente ensinados a crer. Na verdade, aprendemos que eles importam e o sentido social atribuído a esses grupos cria uma diferença na experiência de vida. Aprendemos esses sentidos sociais de muitas maneiras, de muitas pessoas e por uma variedade de meios. Esse treino continua depois da infância e percorre nossas vidas. Grande parte dele é não verbal, adquirido ao vermos e nos compararmos com os outros.

Somos socializados coletivamente nesses grupos. Na cultura dominante, todos nós recebemos as mesmas mensagens sobre o que esses grupos significam, porque estar em um grupo é uma experiência diferente de estar em outro. E também sabemos que é "melhor" estar em um desses grupos do que em seu oposto — por exemplo: é melhor ser jovem do que velho, não ter deficiência do que ter deficiência, ser rico em vez de pobre. Ganhamos coletivamente nosso entendimento de sentido de grupo por meio de aspectos da sociedade circundante que são compartilhados e inevitáveis: televisão, filmes, notícias, letras de canções, revistas, livros didáticos, religião, literatura, narrativas, piadas, tradições e práticas, história etc. Essas dimensões de nossa cultura dão forma a nossas identidades de grupo.

Nosso entendimento de nós mesmos baseia-se necessariamente em nossas comparações com os outros. O conceito de "bonito" não tem sentido sem o conceito de "feio"; "inteligente" significa pouco sem a ideia de "néscio" ou "burro"; e "merecer" não tem sentido sem o conceito de "não merecer". Chegamos à compreensão do que somos ao entender quem não somos. Contudo, diante da insistência de nossa sociedade na individualidade, muitos de nós não conseguem refletir sobre nossos atributos grupais. Para entender as relações raciais hoje, temos de nos desvencilhar de nosso condicionamento e enfrentar o como e o porquê de nossas pertinências raciais serem determinantes.

Além de desafiar o sentido que damos a nós mesmos como indivíduos, enfrentar nossa identidade de grupo também desafia nossa crença na objetividade. Se a pertinência de grupo é importante, então não vemos o mundo desde uma perspectiva humana universal, mas a partir da perspectiva de um tipo humano particular. Desse modo, ambas as ideologias se rompem. Portanto, refletir sobre nossas estruturas raciais é especialmente desafiador para muitas pessoas brancas, porque aprendemos que ter um ponto de vista racial é ser tendencioso. Infelizmente, essa crença protege nossos preconceitos, porque negar que os temos garante que não os examinaremos, muito menos os mudaremos. Será importante lembrar isso quando considerarmos nossa socialização racial, porque há muita diferença entre o que dizemos verbalmente a nossos filhos e todas as outras maneiras de treiná-los segundo as normas raciais de nossa cultura.

Para muitas pessoas brancas, o simples título deste livro provocará resistência porque estou quebrando uma regra fundamental do individualismo — *estou generalizando*. Estou agindo como se eu pudesse saber tudo sobre alguém simplesmente porque a pessoa é branca. Neste exato momento você pode estar pensando em todos os aspectos que o diferenciam de outras pessoas brancas e que se, pelo menos, eu soubesse como você chegou a esse lugar, o quanto foi próximo dessas pessoas, cresceu em determinado bairro, encarou a luta, ou teve essa ou aquela experiência, eu saberia que você era diferente — que você não é racista. Fui testemunha desse reflexo automático incontáveis vezes em meu trabalho.

Por exemplo, há pouco tempo, fiz uma palestra para um grupo de quase duzentos funcionários. Não havia mais que cinco pessoas de cor naquela empresa, e dessas cinco, apenas duas eram negras. Enfatizei repetidamente a importância de as pessoas brancas terem humildade racial e não se isentarem da dinâmica inescapável do racismo. Assim que terminei minha fala, uma fila de pessoas brancas se formou — ostensivamente — para me fazer perguntas — e, mais claramente, para reiterar as mesmas opiniões sobre raça que já defendiam quando entraram naquela sala. O primeiro da fila era um homem branco que se declarava ítalo-americano. Ele lembrou que os italianos já tinham sido considerados negros e sofrido discriminação, então eu não achava que pessoas brancas também sofriam racismo? Que ele pudesse estar naquela sala lotada de colegas brancos e se isentar de uma análise de sua branquitude porque os italianos já tinham sido discriminados é um exemplo comuníssimo de individualismo. Uma forma mais frutífera de engajamento (porque expandiria em vez de proteger a visão de mundo atual dele) teria sido levar em conta como os ítalo-americanos conseguiram se tornar brancos e como essa assimilação formatou as experiências dele no presente *como homem branco*. Suas alegações não comprovavam ser ele diferente das outras pessoas brancas quando se trata de raça. Posso antever que muitos leitores farão semelhantes declarações de exceção justamente porque somos produtos de nossa cultura, não separados dela.

Como socióloga, fico muito confortável em generalizar; a vida social é quantitativamente padronizável e previsível. Todavia, entendo que minhas generalizações possam desencadear alguns comportamentos defensivos nas pessoas brancas sobre as quais estou generalizando, visto que a ideologia do individualismo é tão cultivada em nossa cultura. Claro que há exceções, mas os padrões são reconhecíveis como tais justamente por serem recorrentes e previsíveis. Não podemos entender as formas modernas de racismo se não pudermos ou não explorarmos padrões grupais de comportamento e seus efeitos sobre os indivíduos. Peço aos leitores para fazerem os ajustes específicos que considerarem necessários à sua situação, em lugar de rejeitar todo o conjunto de provas. Por exemplo, talvez você tenha crescido na pobreza, seja um judeu asquenaze de ascendência europeia, ou tenha sido criado em uma família de militares. Talvez tenha crescido no Canadá, no Havaí, na Alemanha, ou tido pessoas de cor em sua família. Nenhuma dessas situações o imuniza contra as forças do racismo porque nenhum aspecto social é alheio a essas forças.

Em vez de usar aquilo que você considera único em si mesmo como desobrigação de uma análise adicional, uma abordagem mais fecunda seria perguntar a si mesmo: "Sou branco e tive a experiência X. Como esse X me moldou como consequência de eu *também ser branco*?". Pôr de lado seu senso de singularidade é uma habilidade crítica que lhe permitirá ver o quadro maior da sociedade na qual vive; o individualismo não lhe permitirá isso. Por ora, tente se afastar de sua narrativa individual e lidar com as mensagens coletivas que todos recebemos como membros de uma cultura compartilhada mais ampla. Trabalhe em ver como essas mensagens deram forma à sua vida, em vez de recorrer a algum aspecto de sua história para se desculpar do impacto delas.

TEMOS UM ENTENDIMENTO SIMPLISTA DO RACISMO

O desafio final que temos de encarar é nossa definição de "racista". Na era pós-direitos civis, aprendemos que os racistas são pessoas más que, intencionalmente, não gostam dos outros por conta de sua raça; racistas são imorais. Logo, se estou dizendo que meus leitores são racistas, estou dizendo algo profundamente ofensivo; estou questionando o próprio caráter moral deles. Como posso fazer essa afirmação se nem mesmo sei quem meus leitores são? Muitos de vocês têm amigos e entes queridos de cor, então como podem ser racistas? De fato, já que é racista generalizar sobre as pessoas de acordo com sua raça, eu é que estou sendo racista! Então, serei clara: se a sua definição de racista é a de alguém que desgosta conscientemente de pessoas por conta de sua raça, então concordo: é ofensivo de minha parte sugerir racismo em você, quando não o conheço. Também concordo que, se essa é sua definição de racismo e você é contra o racismo, então você não é racista. Agora, respire. Não estou usando essa definição de racismo, nem estou dizendo que você é imoral. Se você se mantiver aberto enquanto exponho meu argumento, ele logo começará a fazer sentido.

À luz dos desafios levantados aqui, espero que muitos leitores brancos tenham momentos de desconforto lendo este livro. Esse sentimento deve ser um sinal de que consegui deslocar o *status quo* racial. Esse é meu propósito. O *status quo* racial é de conforto para as pessoas brancas, e não avançaremos nas relações raciais enquanto permanecermos confortáveis. A chave para avançar é o que fazemos com nosso desconforto. Podemos usá-lo como um escape — culpe o mensageiro e desconsidere a mensagem. Ou podemos usá-lo como uma porta de entrada perguntando: por que isso me perturba? O que isso significaria para mim se fosse verdade? Como essa lente muda meu entendimento da dinâmica racial? Como meu incômodo ajuda a revelar as afirmativas automáticas que venho repetindo? É possível que, pelo fato de eu ser branco, haja algumas dinâmicas raciais que não consigo ver? Estou disposto a contemplar essa possibilidade? Se não me inclino a fazê-lo, essa resistência vem de onde?

Se você está lendo isso e ainda está argumentando, por ser diferente das outras pessoas brancas e porque nada disso se aplica a você, pare e respire. Agora, retome as perguntas acima e as retrabalhe. Para romper com a fragilidade branca, precisamos construir nossa capacidade de suportar o desconforto da humildade racial. Nossa próxima tarefa é entender como as forças da socialização racial estão constantemente em jogo. A incapacidade de reconhecer essas forças leva inevitavelmente a resistir e a reagir em defesa da fragilidade branca. Para aumentar a resistência racial que responde à fragilidade branca, precisamos refletir sobre o todo de nossas identidades — e de nossa identidade de grupo racial em particular. Para os brancos, isso significa, primeiro, enfrentar o que significa ser branco.

CAPÍTULO 2

RACISMO E SUPREMACIA BRANCA

MUITOS DE NÓS FOMOS ENSINADOS A ACREDITAR NA EXIStência de diferenças biológicas e genéticas entre as raças. Essa biologia responde por diferenças visuais tais como cor da pele, textura capilar, formato do olho e características que achamos poder ver, como sexualidade, habilidades atléticas ou competências matemáticas. A ideia de raça como um construto biológico facilita acreditar que a maioria das divisões que vemos na sociedade é natural. Todavia, a raça, assim como o gênero, é socialmente construída. As diferenças que detectamos com nossos olhos — textura capilar e cor dos olhos — são superficiais e emergiram como adaptações geográficas.[1] Por baixo da pele, não existe raça biológica de verdade. As características externas que usamos para definir raça são indicadores inconfiáveis da variação genética entre duas pessoas quaisquer.[2]

Contudo, a crença de que a raça e as diferenças a ela associadas são biológicas está muito profundamente arraigada. Para questionar a crença na raça como determinação biológica, temos de entender os investimentos socioeconômicos que levaram a ciência a organizar a sociedade e seus recursos paralelamente às linhas raciais e por que essa organização é tão duradoura.

A CONSTRUÇÃO SOCIAL DA RAÇA

Liberdade e igualdade — independentemente de religião ou classe social — eram ideias radicalmente novas quando os Estados Unidos se formaram. Ao mesmo tempo, a economia americana se baseava no sequestro e escravização dos africanos, no deslocamento e genocídio dos povos indígenas e na anexação de terras mexicanas. Além disso, os colonizadores que não eram imunes a seu próprio condicionamento cultural, trouxeram consigo padrões de domínio e submissão profundamente internalizados.[3]

A tensão entre a nobre ideologia da liberdade e a realidade cruel do genocídio, da escravização e da colonização precisava ser resolvida. Thomas Jefferson (ele mesmo possuidor de centenas de escravos) e outros se voltaram para a ciência. Jefferson sugeriu haver diferenças naturais entre as raças e pediu aos cientistas que as descobrissem.[4] Se a ciência conseguisse provar que os negros eram natural e inerentemente inferiores (ele via os povos indígenas como culturalmente deficientes — uma deficiência que deveria ser solucionada), deixaria de haver contradição entre nossos ideais professados e nossas práticas reais. Havia, naturalmente, ambiciosos interesses econômicos na justificativa da escravização e da colonização. A ciência racial foi impulsionada por tais interesses socioeconômicos, que vieram a estabelecer as normas culturais e a regulação legal que legitimavam o racismo e o *status* privilegiado dos que eram definidos como brancos.

Inspirando-se na obra anterior dos europeus, os cientistas americanos começaram a pesquisar a resposta para a pretensa inferioridade dos grupos não anglos. Para exemplificar o poder de nossas perguntas na formatação do conhecimento que validamos, esses cientistas não perguntavam: "Os negros (e os demais) são inferiores?". Eles perguntavam: "Por que os negros (e os demais) são inferiores?". Em menos de um século, a sugestão de Jefferson da diferença racial tornou-se comumente aceita como "fato" científico.[5]

A ideia da inferioridade racial foi criada para justificar o tratamento desigual; a crença na inferioridade racial não foi o que desencadeou a desigualdade de tratamento. Nem o medo da diferença. Como diz

Ta-Nehisi Coates: "A raça é filha do racismo, não o pai dele".[6] Ele está dizendo que, primeiro, nós exploramos as pessoas para tomar seus recursos, não por causa de sua aparência. A exploração veio primeiro, seguida da ideologia da desigualdade entre raças para justificar a exploração que se instalava. Em termos semelhantes, o historiador Ibram Kendi, em sua obra *Stamped from Beginning* ["Rotulado desde o início"], ganhadora do National Book Award, explica: "Os beneficiários da escravidão, da segregação e do encarceramento em massa produziram as ideias racistas de que os negros são os mais adequados para os encarceramentos da escravidão, da segregação, ou das cadeias, os que mais os merecem. Os consumidores dessas ideias racistas foram levados a crer que há algo de errado com os negros, não com as políticas que escravizaram, oprimiram e encarceraram tantos negros".[7] Kendi chega ao ponto de discutir que, se realmente acreditamos que todos os seres humanos são iguais, então a disparidade de condições só pode ser resultado da discriminação sistêmica.

A PERCEPÇÃO DE RAÇA

Raça é uma ideia social em evolução, criada para legitimar a desigualdade racial e proteger os privilégios dos brancos. O termo "branco" apareceu pela primeira vez na lei colonial de final dos anos 1600. Por volta de 1790, as pessoas eram solicitadas a declarar sua raça no recenseamento e, em torno de 1825, os graus sanguíneos identificados determinavam quem poderia ser classificado como indígena. A partir de finais dos anos 1800 até o princípio do século XX, na medida em que ondas de imigrantes entravam nos Estados Unidos, o conceito de raça branca estava solidificado.[8]

Quando a escravidão foi abolida nos Estados Unidos em 1865, a branquitude continuou sendo extremamente importante para a exclusão racista legal, e a violência contra os negros foi mantida sob novas formas. Para ganhar a cidadania — e os direitos de cidadão decorrentes —, você tinha de ser legalmente classificado como branco. As pessoas portadoras de classificações raciais não brancas faziam petições à justiça para serem reclassificadas. A partir de então, os tribunais estavam em condição de decidir quem era branco e quem não era. Por exemplo: armênios ganharam a causa para serem reclassificados como brancos com o auxílio de uma testemunha científica que atestou serem eles cientificamente "caucasianos". Em 1922, a Suprema Corte decidiu que os japoneses não podiam ser legalmente brancos por serem cientificamente classificados como "mongólicos". Um ano depois, o tribunal estabeleceu que os indianos não eram legalmente brancos, mesmo que também fossem cientificamente classificados como "caucasianos". Para justificar essas regulamentações contraditórias, o tribunal decidiu que ser branco se baseava no entendimento comum do homem branco. Em outras palavras, as pessoas já vistas como brancas passariam a decidir quem era branco.[9]

A metáfora dos Estados Unidos como um grande caldeirão, no qual imigrantes de todo o mundo se juntam e se misturam em uma sociedade unificada pelo processo de assimilação, é uma ideia valorizada. Tão logo os novos imigrantes aprendem inglês e se adaptam à cultura e aos costumes americanos, se tornam cidadãos americanos. Na verdade, apenas imigrantes europeus recebiam permissão para se misturar, ou se assimilar, à cultura dominante dos séculos XIX e XX, porque, fosse qual fosse a sua identidade étnica, esses imigrantes eram vistos como brancos, podendo, portanto, se integrar.

Raça é uma construção social. Logo, quem é incluído na categoria dos brancos muda com o decorrer do tempo. Como aquele ítalo-americano de meu seminário percebeu, grupos étnicos europeus tais como irlandeses, italianos e poloneses eram excluídos no passado. Todavia, embora possam ter sido originalmente divididos em consequência de sua origem, os imigrantes europeus se tornaram racialmente integrados por meio da assimilação.[10] Esse processo de assimilação — falar inglês, consumir alimentos "americanos", descartar costumes que os segregassem — reificava a percepção de os americanos serem os brancos. A identificação racial desempenha, numa sociedade mais ampla, um papel fundamental no desenvolvimento da identidade, no modo como vemos a nós mesmos.

Se "parecemos brancos", somos tratados como tais pela sociedade em geral. Por exemplo, pessoas de ascendência sul-europeia, como espanhóis e portugueses, ou pessoas provenientes da antiga União Soviética, especialmente se forem novos imigrantes ou educados por imigrantes, tendem a ter um senso mais consolidado de identidade étnica do que pessoas com a mesma etnicidade cujos ancestrais tenham estado aqui por gerações. Contudo, embora sua identidade interna possa ser outra, se "passarem" por brancos, eles ainda viverão a experiência branca exteriormente. Se parecerem brancos, a definição padrão será a de que são brancos e, portanto, serão tratados como brancos. A incongruência entre sua identidade étnica interna (por exemplo, portuguesa, espanhola) e sua experiência racial externa (branca) forneceria um senso de identidade mais complexo ou matizado do que o de alguém que não tenha uma identidade étnica consolidada. Contudo, eles ainda terão garantias de *status* e as vantagens decorrentes. Hoje, essas vantagens são mais de fato do que de direito, mas preservam todo o seu poder na formatação de nossas vidas cotidianas. Cabe a cada um de nós que "passa" por branco identificar como essas vantagens nos moldam, não para negá-las completamente.

Pelo fato de ser produto de forças sociais, a raça também se manifestou nos estratos sociais; os pobres e a classe trabalhadora nem sempre foram percebidos como completamente brancos.[11] Numa sociedade que garante cada vez menos oportunidades a quem não for visto como branco, as forças econômicas e raciais são inseparáveis. Contudo, aos pobres e operários brancos, por fim, franqueou-se o acesso à branquitude como meio de exploração do trabalho. Se os brancos pobres se concentrassem em se sentir superiores aos que têm *status* inferior ao deles, estariam menos concentrados nos que estão acima. As classes pobre e trabalhadora, se unidas independentemente da raça, poderiam ser uma força poderosa. Contudo, as divisões raciais serviram para impedi-los de se organizar contra a classe proprietária que explora seu trabalho.[12] Mesmo assim, embora os brancos operários experimentem o classismo, não experimentam também o racismo. Cresci na pobreza e sempre tive um sentimento profundo de vergonha por ser pobre. Porém, também sempre soube que eu era branca e que ser branca era melhor.

RACISMO

Para entender o racismo, precisamos primeiro distingui-lo do simples preconceito e discriminação. Preconceito é o prejulgamento de outra pessoa com base nos grupos sociais aos quais ela pertença. O preconceito consiste em pensamentos e sentimentos, incluindo estereótipos, atitudes e generalizações baseadas em pouca ou nenhuma experiência, depois projetados em qualquer pessoa não integrante daquele grupo. Nossos preconceitos tendem a ser compartilhados porque nadamos nas mesmas águas culturais e absorvemos as mesmas mensagens.

Todos os humanos têm preconceito; não podemos evitá-lo. Se estou consciente de que determinado grupo social existe, terei recebido informação sobre esse grupo da sociedade em meu entorno. Essa informação me ajuda a compreender o grupo a partir de meu quadro cultural. Pessoas que se declaram imunes a preconceitos estão demonstrando uma enorme carência de autoconsciência. Ironicamente, elas também estão demonstrando o poder da socialização — todos nós aprendemos na escola, nos filmes e com os membros de nossas famílias, professores e líderes religiosos a importância de não sermos preconceituosos. Infelizmente, a crença prevalente de que o preconceito é mau nos induz a negar sua inevitável realidade.

O preconceito é fundamental para entender a fragilidade branca porque sugerir que os brancos nutrem preconceito racial é considerado o mesmo que dizer que somos maus e deveríamos ter vergonha disso. Nós, então, sentimos necessidade de defender nosso caráter, em vez de analisar os preconceitos raciais inevitáveis que absorvemos, de modo a podermos transformá-los. E assim nosso engano relativamente ao que é o preconceito, na verdade, o protege.

A discriminação é *ação* baseada em preconceito. Tais ações incluem ignorar, excluir, ameaçar, ridicularizar, difamar e violentar. Por exemplo, se o ódio é a emoção que sentimos por conta de nosso preconceito, atos extremos de discriminação, tais como a violência, podem acontecer. Essas formas de discriminação são geralmente claras e reconhecíveis. Contudo, se aquilo que sentimos for mais sutil, como um ligeiro desconforto, a discriminação tende a ser também mais evasiva, mais difícil de detectar. Muitos de nós podem reconhecer que realmente sentimos algum desconforto quando nos aproximamos de alguns grupos de pessoas, ou, pelo menos, um acentuado senso de autoconsciência; mas esse sentimento não é produzido naturalmente. Nosso incômodo provém do fato de vivermos separados de um grupo de pessoas e, ao mesmo tempo, absorvermos informações incompletas ou errôneas sobre elas. Quando o preconceito me leva a agir de forma diferente — fico menos relaxada se estou próxima a você ou evito interagir com você —, então estou discriminando. O preconceito sempre se manifesta em ação porque a maneira segundo a qual vejo o mundo determina minhas ações nele. Todos têm preconceitos e todos discriminam. Diante desse dado de realidade, inserir o adjetivo "reverso" não faz o menor sentido.

Quando o preconceito coletivo de um grupo racial é apoiado pelo poder da autoridade legal e do controle institucional, ele é transformado em racismo, um sistema de amplo espectro que funciona independentemente das intenções ou das autoimagens dos atores individuais. J. Kēhaulani Kauanui, professor de estudos americanos e antropologia na Universidade de Wesleyan, explica: "O racismo é uma estrutura, não um acontecimento".[13] A luta das mulheres americanas pelo voto é um exemplo de como o poder institucional transforma o preconceito e a discriminação em estruturas de opressão. Todo mundo tem preconceito e discrimina, mas as estruturas de opressão vão além dos indivíduos. Embora as mulheres possam ser preconceituosas e discriminatórias contra os homens em interações individuais, como grupo, elas não teriam poder para negar aos homens seus direitos civis. Já os homens, enquanto grupo, podiam, e negaram às mulheres seus direitos civis. Homens puderam fazê-lo porque controlavam todas as instituições. Portanto, o único modo de as mulheres ganharem o direito ao voto era os homens o garantirem a elas; as mulheres não poderiam conquistar o direito ao voto por si mesmas.

De maneira semelhante, o racismo — tanto quanto o sexismo e outras formas de opressão — se dá quando o preconceito de um grupo social é apoiado pela autoridade legal e pelo controle institucional. Essa autoridade e esse controle transformam os preconceitos individuais em um sistema abrangente que deixa de depender das boas intenções dos atores sociais; eles se transformam no padrão da sociedade e passam a ser automaticamente reproduzidos. O racismo é um sistema. E eu seria negligente se deixasse de reconhecer a intersecção entre raça e gênero no exemplo do voto feminino americano; homens *brancos* deram o direito de voto às mulheres, porém garantiram acesso apenas às mulheres brancas. As mulheres de cor tiveram esse pleno acesso negado até a Lei do Direito ao Voto, de 1964.

O sistema do racismo começa com a ideologia, que remete às grandes ideias reforçadas em toda a sociedade. Desde o nascimento, somos condicionados a aceitar, não a questionar essas ideias. A ideologia é reafirmada na sociedade, por exemplo, nas escolas e nos livros didáticos, nos discursos políticos, nos filmes, na publicidade, nas celebrações festivas, nas palavras e nas frases. Essas ideias são também consolidadas por meio das penalidades sociais, quando alguém questiona uma ideologia e por meio da disponibilidade restrita de ideias alternativas. As ideologias são a estrutura mediante a qual aprendemos a representar, a interpretar, a entender e a dar sentido à existência social.[14] Pelo fato de serem o tempo todo reforçadas, essas ideias são muito críveis e internalizáveis. Exemplos de ideologia nos Estados Unidos incluem o individualismo, a superioridade do capitalismo como sistema econômico e a democracia como sistema político, o consumismo como estilo de vida ideal e a meritocracia (toda pessoa pode ser bem-sucedida se trabalhar duro).

A ideologia racial que circula nos Estados Unidos racionaliza as hierarquias raciais como resultado de uma ordem natural derivada tanto da genética quanto do esforço ou talento individual. Aqueles que não são bem-sucedidos são simplesmente os que não são naturalmente capazes, merecedores ou suficientemente empenhados. As ideologias que jogam para a sombra o racismo como um sistema de desigualdade talvez sejam as mais poderosas forças raciais porque, uma vez que aceitamos nossa posição no interior das hierarquias raciais, elas parecem naturais e difíceis de questionar, mesmo quando nos prejudicam. Dessa forma, bem poucas pressões externas precisam ser aplicadas para manter as pessoas em seu lugar; quando as racionalizações para a desigualdade são internalizadas, ambos os lados defenderão o relacionamento.

O racismo está profundamente entranhado em nosso tecido social. Ele não se limita a um só ato ou pessoa. Nem fica num vaivém, um dia beneficiando os brancos e no outro dia (ou época, até) beneficiando as pessoas de cor. A vertente do poder entre as pessoas brancas e as de cor é histórica, tradicional e está normatizada na ideologia. O racismo é diferente do preconceito racial individual e da discriminação racial na acumulação histórica e no uso continuado do poder e da autoridade sociais para justificar o preconceito e fortalecer sistematicamente comportamentos discriminatórios com efeitos abrangentes.

Pessoas de cor também podem ser preconceituosas e discriminarem pessoas brancas, mas elas carecem do poder institucional e social que venha transformar seus preconceitos e discriminação em racismo; o impacto de seus preconceitos contra os brancos é intermitente e contextual. Os brancos detêm as posições públicas e institucionais na sociedade para imprimir seu preconceito racial nas leis, nas políticas, nas práticas e nas normas sociais de um modo que as pessoas de cor não podem fazer. Uma pessoa de cor pode se recusar a me atender quando eu entrar em uma loja, mas não pode aprovar uma legislação que me proíba e proíba qualquer pessoa como eu de comprar uma casa em determinado bairro.

Pessoas de cor também podem nutrir preconceitos e discriminar a si mesmas e a outros grupos de cor, mas essa tendência, em última instância, as mantêm em desvantagem e, desse modo, reforça o sistema racista, que, ainda por cima, beneficia os brancos. O racismo é uma dinâmica de amplo espectro social que ocorre em nível grupal. Quando digo que só brancos podem ser racistas, estou afirmando: só os brancos têm poder institucional, social e privilégios sobre as pessoas de cor. Os negros não têm o mesmo poder e privilégio sobre os brancos.

Muitos brancos veem o racismo como coisa do passado e, naturalmente, todos somos estimulados a não o reconhecer no presente. Mesmo assim, a disparidade racial entre brancos e pessoas de cor continua a existir em todas as instituições sociais e, em muitos casos, segue crescendo, em vez de diminuir. Embora a segregação possa tornar essa disparidade difícil de ser percebida pelos brancos e fácil de negar, as disparidades raciais e seus efeitos sobre a qualidade global da vida têm sido extensamente documentadas por um amplo leque de agências. Entre aquelas que documentam esses desafios estão o Departamento do Censo dos Estados Unidos, as Nações Unidas, grupos acadêmicos tais como o Projeto Direitos Civis da Universidade da Califórnia, o Projeto Metropolis e organizações sem fins lucrativos como a Associação Nacional para o Progresso de Pessoas de Cor [National Association for the Advancement of Colored People — NAACP] e a Liga Antidifamação [Anti-Defamation League].[15]

A pesquisadora Marilyn Frye usa a metáfora de uma gaiola para descrever as forças intertravadas da opressão.[16] Se você se postar rente a uma gaiola e encostar seu rosto contra as varetas, sua percepção das barras desaparecerá e você terá uma visão quase desobstruída do pássaro. Se você virar a cabeça para examinar bem de perto um dos arames da gaiola, será incapaz de ver os outros. Se o seu entendimento da gaiola se basear nessa visão míope, você pode não compreender por que o pássaro simplesmente não se desvia daquela única vareta e voa para longe. Você pode até concluir que o pássaro gostou ou escolheu ficar na gaiola.

Já se você der um passo para trás para ter uma visão mais ampla, começará a ver que as varetas se juntam num padrão intertravado — um padrão que funciona para manter o pássaro firmemente no lugar. Agora fica claro que uma rede de barreiras sistematicamente relacionadas tranca o pássaro. Tomada individualmente, nenhuma dessas barreiras representaria dificuldade para o pássaro poder se locomover; mas elas se intertravam umas com as outras, conseguindo assim prender totalmente o pássaro. Embora alguns pássaros consigam escapar da gaiola, a maioria não conseguirá. E certamente os que escapam terão de ultrapassar muitas barreiras que os pássaros, do lado de fora da gaiola, não terão.

A metáfora da gaiola nos ajuda a entender por que pode ser tão difícil ver e reconhecer o racismo: nossa visão é limitada. Se não reconhecermos de que forma nossa posição em relação à gaiola define que parte dela podemos ver, passamos a confiar em situações individuais, em exceções e em provas episódicas para tentar entender, em lugar de padrões mais amplos e inter-relacionados. E mesmo sempre havendo exceções, os padrões são consistentes e bem documentados: pessoas de cor são confinadas e moldadas por forças e barreiras que não são acidentais, ocasionais ou evitáveis. Tais forças se relacionam sistematicamente umas com as outras de maneira a restringir o movimento dessas pessoas.

Indivíduos brancos podem ser "contra" o racismo; mas, ainda assim, eles se beneficiam de um sistema que privilegia os brancos como grupo. David Wellman resume muito bem o racismo como "um sistema de vantagens baseado na raça".[17] Essas vantagens são referidas como *privilégio branco*, um conceito sociológico decorrente das vantagens consideradas normais pelos brancos, mas que não podem ser similarmente desfrutadas pelas pessoas de cor no mesmo contexto (governo, comunidade, trabalho, escolas etc.).[18] Porém, deixem-me ser clara: afirmar que o racismo privilegia os brancos não é o mesmo que dizer que indivíduos brancos não lutam ou enfrentam barreiras. Significa que nós não encaramos as barreiras específicas do racismo.

Tal como acontece com o preconceito e a discriminação, podemos apagar o adjetivo *reverso* de qualquer discussão sobre racismo. Por definição, o racismo é um sistema profundamente entranhado de poder institucional. Ele não é fluido, nem muda de direção simplesmente porque alguns indivíduos de cor conseguem se sobressair.

O STATUS DE SER BRANCO

Ser percebido como branco produz mais do que mera classificação racial; trata-se de *status* e identidade sociais e institucionais imbuídos de direitos e privilégios legais, políticos, econômicos e sociais negados aos demais. Ao refletir sobre as vantagens sociais e econômicas de alguém ser classificado como branco, a estudiosa crítica das raças, Cheryl Harris, cunhou a expressão "branquitude como propriedade". Ao traçar a evolução do conceito de branquitude no decorrer da história do direito, ela explica:

> Ao atribuir à branquitude um *status* legal real, um aspecto da identidade foi convertido em objeto externo de propriedade, mudando a branquitude de identidade privilegiada para interesse adquirido. A construção da lei da branquitude definiu e afirmou aspectos críticos de identidade (quem é branco); de privilégio (quais benefícios acrescer a esse *status*); e de propriedade (que direitos legais decorrem desse *status*). A branquitude, em vários momentos, significa e é desdobrada como identidade, *status* e propriedade, por vezes individualmente, por outras, coletivamente.[19]

A análise de Harris é oportuna porque demonstra como a identidade e suas percepções podem garantir ou negar recursos. Tais recursos abrangem: autoestima, visibilidade, expectativas positivas, liberdade psicológica das amarras da raça, liberdade de movimento, senso de inclusão e um sentimento de ter direito a tudo o que foi dito acima.

Precisamos pensar a branquitude em todos os aspectos de ser branco e que vão além de simples diferenças físicas e estão relacionadas ao significado e à consequente vantagem material advinda de ser definido como branco na sociedade: o que está garantido com base nesse significado e como está assegurado. Em vez do foco típico na maneira como o racismo fere pessoas de cor, analisar a branquitude é focar no modo como o racismo concede importância aos brancos.

A branquitude se baseia em uma premissa fundadora: a definição dos brancos como a norma ou o padrão do humano e das pessoas de cor como um desvio dessa norma. A branquitude não é reconhecida pelos brancos, e o ponto de referência branco é presumido como universal e imposto a todos. Gente branca acha muito difícil pensar na branquitude como um estado específico de ser que poderia produzir algum impacto sobre a vida e as percepções de alguém.

Pessoas de cor, inclusive W. E. B. Du Bois e James Baldwin, escreveram sobre a branquitude durante décadas, senão séculos. Esses escritores conclamaram os brancos a voltarem sua atenção para si mesmos, a fim de explorarem o que representa ser branco em uma sociedade tão dividida pelo critério de raça. Por exemplo, em 1946, um jornalista francês perguntou ao escritor expatriado Richard Wright o que ele pensava do "problema Negro". Wright respondeu: "Não há nenhum problema Negro; há apenas um problema branco".[20]

Como Wright ressalta, o racismo contra pessoas de cor não se produz no vácuo. Embora a ideia de racismo possa operar independentemente dos brancos, ela é reforçada por meio de celebrações como o Mês da História Afro-Americana (o Black History Month), durante o qual estudamos a Guerra Civil e a era dos direitos civis como se elas tivessem acontecido isoladamente da história norte-americana. Em adição ao modo geral como essas celebrações baseadas na cor tiram os brancos da equação, há modos específicos pelos quais as conquistas das pessoas de cor são isoladas do contexto social global e despolitizadas, por exemplo, nas histórias que contamos sobre os heróis negros de nossa cultura.

A história de Jackie Robinson é um exemplo clássico de como a branquitude obscurece o racismo ao invisibilizar, o que é um privilégio branco, as instituições brancas e racistas. Robinson é geralmente celebrado como o primeiro afro-americano a romper o bloqueio de cor para jogar beisebol na liga principal. Embora Robinson seja certamente um grande jogador de beisebol, essa linha narrativa o retrata como um homem negro especial do ponto de vista racial que quebrou o bloqueio de cor por iniciativa pessoal. O subtexto é que Robinson, em última instância, tinha todos os requisitos para jogar com os brancos, como se nenhum atleta negro antes dele fosse forte o suficiente para competir em alto nível. Imagine, porém, que a história fosse mais ou menos a seguinte: "Jackie Robinson, o primeiro negro que os brancos autorizaram a jogar na liga principal de beisebol". Essa versão estabelece uma distinção crítica porque, não importando o fantástico jogador que Robinson tenha sido, ele simplesmente não poderia ter jogado nas ligas principais se os brancos — que controlavam a instituição — não o tivessem deixado competir. Se ele tivesse entrado em campo antes de receber permissão por parte dos proprietários brancos e dos criadores de políticas, a polícia o teria retirado de lá à força.

Narrativas acerca de uma pretensa excepcionalidade racial obscurecem a vigência do controle institucional branco contínuo, ao mesmo tempo que fortalecem as ideologias do individualismo e da meritocracia. Elas também fazem um desserviço aos brancos ao obscurecer os aliados brancos que, nos bastidores, trabalharam dura e continuamente para abrir o campo aos jogadores negros. Esses aliados poderiam atuar como modelos muito necessários para outros brancos (embora nós também precisemos reconhecer que, no caso da dessegregação do beisebol, havia um incentivo econômico movendo esses aliados).

Eu não sou contra o Mês da História Afro-Americana. Contudo, ele podia ser celebrado de maneira a não reforçar a branquitude. Para aqueles que perguntam por que não existe um Mês da História Branca, a resposta exemplifica como a branquitude atua. A história branca está engajada na ausência desse reconhecimento; a história branca é a norma da história. Então, nossa necessidade de deixar claro que estamos falando da história dos negros ou da história das mulheres sugere que essas contribuições correm por fora da norma.

Ruth Frankenberg, uma das primeiras estudiosas brancas no campo dos estudos da branquitude, descreve-a como multidimensional. Tais dimensões incluem uma localização de vantagem estrutural, um ponto de vista a partir do qual os brancos olham para si mesmos, para os outros, para a sociedade e para um acervo de práticas culturais que não são nomeadas, muito menos reconhecidas.[21] Dizer que a branquitude é uma localização de vantagem estrutural é reconhecer que ser branco é estar em uma posição privilegiada dentro da sociedade e de suas instituições — é ser visto como membro e ter a garantia dos benefícios desse pertencimento. Essa posição outorga automaticamente vantagens não merecidas. Os brancos controlam todas as maiores instituições da sociedade e determinam as políticas e as práticas segundo as quais os outros devem viver. Não obstante raros indivíduos negros poderem estar no interior dos círculos de poder — Colin Powell, Clarence Thomas, Marco Rubio, Barack Obama —, eles apoiam o *status quo* e não desafiam significativamente o racismo em nível algum que seja capaz de ameaçá-lo. As posições de poder dessas figuras públicas não significam que elas não sofram racismo (Obama teve de encarar insultos e de enfrentar resistências das quais jamais se tivera notícia), mas o *status quo* permanece intacto.

Dizer que a branquitude é um ponto de vista equivale a dizer que um aspecto significativo da identidade branca é alguém se ver como um indivíduo, alheio ou isento de raça — "simplesmente humano". Esse ponto de vista considera os brancos e seus interesses como centrais e representativos da humanidade como um todo. Os brancos ainda produzem e reforçam as narrativas sociais dominantes — tais como o individualismo e a meritocracia — e usam tais narrativas para explicar as posições de outros grupos raciais. Essas narrativas nos dão espaço para nos congratular por nosso sucesso no interior das instituições sociais e culpar os outros por seu fracasso.

Dizer que a branquitude inclui uma série de práticas culturais não reconhecidas pelos brancos é entender o racismo como uma rede de normas e de ações que criam consistentemente vantagens para os brancos e desvantagens para os negros. Essas normas e ações incluem os direitos fundamentais e os benefícios da dúvida, aparentemente garantidos a todos, mas que só são real e consistentemente disponibilizados aos brancos. As dimensões do racismo que beneficiam os brancos normalmente são invisíveis para eles. Não estamos conscientes ou não reconhecemos o significado da raça e seu impacto sobre nossas próprias vidas. Por isso é que não reconhecemos nem admitimos o privilégio branco e as normas que o produzem e o mantêm. Consequentemente, dar nome à branquitude, ou pelo menos sugerir que ela tenha um significado e garanta vantagem indevida, será profundamente desconcertante e desestabilizador, logo disparará respostas defensivas da fragilidade branca.

A SUPREMACIA BRANCA

Quando olhamos em retrospectiva o movimento pelos direitos civis dos anos 1950 e 1960, podemos pensar nos supremacistas brancos como as pessoas que vimos em fotos ou na televisão espancando negros em lanchonetes, explodindo igrejas de negros e berrando contra Ruby Bridges, a primeira criança afro-americana a ser matriculada em uma escola de educação fundamental cem por cento branca no estado da Luisiana, em

1960. Atualmente podemos pensar nos autodescritos nacionalistas brancos da extrema direita ["alt-right"] marchando com tochas na Virgínia e gritando "sangue e solo" enquanto protestam contra a remoção dos memoriais de guerra dos Confederados. A maioria das pessoas brancas não se identifica com essas imagens dos supremacistas brancos e, por isso, ficam tão ofendidas com a ampliação do uso do termo. Contudo, para os sociólogos e todas as pessoas engajadas nos movimentos de justiça racial atuais, a supremacia branca é um termo descritivo e útil para capturar a centralidade abrangente e a assumida superioridade das pessoas definidas e percebidas como brancas e as práticas baseadas nessa premissa. Nesse contexto, a supremacia branca não se refere às pessoas brancas individualmente e a suas ações ou intenções individuais, mas a um sistema de dominação política, econômica e social abrangente. Repito, o racismo é uma estrutura, não um acontecimento isolado. Embora existam grupos de ódio que proclamam abertamente a superioridade branca e o termo se refira também a eles, a consciência popular associa a *supremacia branca* exclusivamente a esses grupos radicais. Definição tão redutora obscurece a realidade do sistema mais amplo em operação e nos impede de nos voltar contra o sistema.

Enquanto, em outras culturas, o racismo existente se baseia em diferentes ideais de qual grupo racial é superior ao outro, os Estados Unidos são um poder global e, por meio de filmes e de comunicação massiva, da cultura empresarial, da propaganda, da capacidade de manufatura norte-americana, da presença militar, das históricas relações coloniais, do trabalho missionário e de outros meios, a supremacia branca circulou globalmente. Essa poderosa ideologia promove, para muito além do Ocidente, a ideia da branquitude como o ideal para a humanidade. A supremacia branca é especialmente relevante em países que têm uma história de colonização pelas nações ocidentais.

Em seu livro, *The Racial Contract*, Charles W. Mills declara que o contrato racial é um acordo tácito e, por vezes, explícito entre membros dos povos europeus para afirmar, promover e manter o ideal da supremacia branca sobre todos os outros povos do mundo. Esse acordo é uma cláusula intencional e integral do contrato social, subscrita por todos os outros contratos sociais. A supremacia branca moldou um sistema de dominação europeia global: ele dá existência a brancos e a não brancos, a pessoas plenas e a subpessoas. Ela influencia a teoria e a psicologia morais brancas e é imposta a não brancos por meio de condicionamento ideológico e violência. Mills diz: "Aquilo que foi normalmente considerado [...] a 'exceção' racista era, na realidade, a regra; o que foi tomado como a 'regra' [...] [a igualdade racial] [...] realmente é que era a exceção".[22]

Mills descreve a supremacia branca como "o sistema político inominado que fez do mundo moderno aquilo que ele é hoje".[23] Ele observa que, embora a supremacia branca tenha moldado o pensamento político ocidental durante séculos, ela nunca foi nomeada. Desse modo, a supremacia branca foi invisibilizada, enquanto outros sistemas políticos — socialismo, capitalismo, fascismo — são identificados e estudados. De fato, muito do poder da supremacia branca é extraído de sua invisibilidade, dos aspectos tidos como pacíficos que subscrevem todos os demais contratos políticos e sociais.

Mills faz duas observações críticas para nosso entendimento da fragilidade branca. Primeira: a supremacia branca jamais é reconhecida. Segunda: não podemos estudar nenhum sistema sociopolítico sem dar atenção a como esse sistema é atravessado pelas questões de raça. O fracasso em reconhecer a supremacia branca a protege do exame e a mantém em seu lugar.

No ensaio de Ta-Nehisi Coates, "The Case for Reparations", temos observação semelhante:

> Ignorar o fato de que uma das mais antigas repúblicas do mundo se fundava sobre o alicerce da supremacia branca, fingir que os problemas de uma sociedade dualista são os mesmos problemas do capitalismo desregulado é disfarçar o pecado do saqueio nacional usando o pecado da mentira nacional. A mentira ignora o fato de que reduzir a pobreza americana e acabar com a supremacia branca não são o mesmo gesto [...]. [A] supremacia branca não é simplesmente obra de demagogos exaltados, ou uma questão de falsa consciência, mas uma força tão fundamental para a América que é difícil imaginar o país sem ela.[24]

À luz da contínua e histórica realidade da supremacia branca, queixas de brancos sobre racismo "reverso" por parte de programas voltados para atenuar os níveis mais básicos de discriminação são profundamente mesquinhas e delirantes. É o que Mills sintetiza:

> Tanto globalmente quanto no interior de Estados-nação específicos, portanto, as pessoas brancas, os europeus e seus descendentes, continuam a se beneficiar do Contrato Racial, que cria um mundo a sua imagem e semelhança cultural, com estados políticos favorecendo diferencialmente seus interesses, com uma economia estruturada em torno da exploração racial dos demais e com uma psicologia moral [...] consciente ou inconscientemente inclinada a privilegiá-los, tomando o *status quo* do direito racialmente diferenciado como normativamente legítimo, fazendo com que não seja investigado mais profundamente.[25]

Estudiosos do tema da raça usam o termo *supremacia branca* para descrever um sistema sociopolítico e econômico de dominação baseado em categorias raciais que beneficiam quem é definido e percebido como branco. Esse sistema de poder estrutural privilegia, centraliza e exalta os brancos enquanto grupo. Se, por exemplo, observarmos a raça das pessoas que controlavam nossas instituições em 2016-2017, teremos os seguintes números:

- Os dez americanos mais ricos: 100% brancos (sete dos quais listados entre os dez mais ricos do mundo).
- Congresso norte-americano: 90% brancos.
- Governadores norte-americanos: 96% brancos.
- Conselheiros militares de primeiro escalão: 100% brancos.
- Presidente e vice-presidente: 100% brancos.
- Bancada conservadora republicana na Câmara dos Deputados: 99% brancos.
- Atual gabinete presidencial norte-americano: 91% brancos.
- Os que decidem quais programas de televisão vemos: 90% brancos.
- Os que decidem quais livros lemos: 90% brancos.

- Os que decidem que música será produzida: 95% brancos.
- Os que dirigiram os cem filmes mais rentáveis de todos os tempos no mundo: 95% brancos.
- Professores: 82% brancos.
- Professores universitários em regime de dedicação exclusiva: 84% brancos.
- Proprietários de equipes de futebol profissionais masculinas: 97% brancos.[26]

Esses números não contemplam empresas menores. Nem são essas instituições grupos de especial interesse. Os grupos suprarrelacionados são os mais poderosos do país. E os números acima não são uma questão de "pessoas boas" contra "pessoas más". Eles representam poder e controle por parte de um grupo racial em posição de disseminar e proteger sua autoimagem, visão de mundo e interesses para a sociedade inteira.

Um dos mais poderosos meios de a supremacia branca se disseminar é através das representações midiáticas, capazes de provocar profundo impacto na maneira de vermos o mundo. As pessoas que escrevem e dirigem filmes são nossas narradoras culturais; as histórias que elas contam dão forma a nossas visões de mundo. Visto que a maior parte dos brancos vive em isolamento racial em relação às pessoas de cor (as negras particularmente) e têm quase nenhuma relação inter-racial autêntica, eles são profundamente influenciados pelas mensagens raciais dos filmes. Veja um número estatístico procedente da lista anterior: dos cem filmes mais rentáveis no mundo todo em 2016, 95% foram dirigidos por americanos brancos (95% dos quais, homens). Trata-se de um grupo de diretores inacreditavelmente homogêneo. Pelo fato de esses homens estarem muito provavelmente no topo da hierarquia social em termos de raça, classe e gênero, eles, quase muito certamente, jamais terão uma ampla variedade de relações inter-raciais autenticamente igualitárias. Não obstante, são eles que detêm o poder de representar o "outro" racial. Suas representações do "outro" são, por isso, extremamente estreitas e problemáticas e, mesmo assim, elas é que são repetidamente reforçadas. Além disso, essas representações tendenciosas têm sido disseminadas pelo mundo todo; apesar de ter tido origem no Ocidente, a supremacia branca circula globalmente.

A resistência branca ao termo *supremacia branca* nos impede de examinar como essas mensagens nos moldam. Supremacistas brancos explícitos entendem isso. Christian Picciolini, um ex-nacionalista branco, explica que os nacionalistas brancos reconheceram que precisavam tomar distância dos termos *racista* e *supremacia branca* para ganharem maior poder de atração. Ele descreve os movimentos conservador e nacionalista branco como o ápice de um esforço de trinta anos para atenuar a mensagem supremacista branca: "Reconhecemos, à época, que estávamos nos distanciando da média dos racistas brancos americanos e que precisávamos parecer e falar mais como nossos vizinhos. A ideia que tivemos foi de nos misturar, nos normalizar, tornar a mensagem mais palatável".[27] Derek Black, afilhado de David Duke, outrora grande líder de juventude no movimento nacionalista branco, explica: "Toda a minha fala foi sobre o fato de você poder concorrer como republicano e dizer coisas como 'precisamos acabar com a imigração, precisamos combater a ação afirmativa, precisamos extinguir o globalismo', e poder ganhar esses mandatos, desde que você não seja denunciado como um nacionalista branco e se veja às voltas com toda a controvérsia decorrente disso".[28]

Os nacionalistas brancos de hoje não são os primeiros a reconhecer a importância de se distanciarem de expressões mais explícitas da supremacia branca. Em uma entrevista de 1981, Lee Atwater, estrategista político americano e conselheiro dos presidentes Ronald Reagan e George W. Bush, explicava o que veio a ser conhecido como "a estratégia sulista" — como apelar para o racismo dos eleitores sulistas brancos sem dizê-lo explicitamente:

> Você começa em 1954 dizendo: "Preto, preto, preto". Em 1968, você não pode falar "preto" — pode se dar mal. Retrocessos. Então, você diz coisas como transporte escolar misto obrigatório, direitos estaduais e todas essas coisas. Você vai virando tão abstrato [que] passa a falar de corte de impostos, e todas essas coisas são totalmente econômicas e um subproduto delas é

> [que] os negros são mais ofendidos que os brancos. E subconscientemente talvez seja parte disso [...]. Mas estou dizendo que se isso está ficando tão abstrato, tão codificado, é porque, de um jeito ou de outro, estamos nos afastando do problema racial. Você me segue — porque, obviamente, cruzar os braços dizendo: "Queremos cortar isso" é muito mais abstrato do que até mesmo a questão do transporte escolar misto e muito mais abstrato do que "preto, preto".[29]

Nosso ressentimento com o termo *supremacia branca* serve apenas para proteger os processos que ele descreve e para obscurecer os mecanismos de desigualdade racial. Mesmo assim, entendo o termo como carregado demais para muitos brancos, especialmente pessoas mais idosas que associam o termo a grupos de ódio extremistas. De todo modo, espero ter esclarecido que a supremacia branca é algo muito mais disseminado e sutil do que as ações dos nacionalistas brancos declarados. A supremacia branca descreve a cultura em que vivemos — uma cultura que posiciona os brancos e tudo o que se associa a eles (a branquitude) como ideal. Supremacia branca é muito mais que a ideia de que os brancos são superiores às pessoas de cor; é a premissa mais profunda que apoia essa ideia — a definição dos brancos como a norma ou o padrão do humano, e as pessoas de cor como um desvio dessa norma.

Dar nome à supremacia branca altera o rumo da conversa de duas maneiras fundamentais: torna o sistema visível e altera o lugar da mudança para dentro das pessoas brancas, exatamente onde deve acontecer. E ainda nos orienta no rumo de um compromisso para a vida toda que é exclusivamente nosso: desafiar nossa cumplicidade e nosso investimento no racismo. Isso não significa que pessoas de cor não desempenhem um papel, mas que o peso total da responsabilidade é dos que controlam as instituições.

O QUADRO RACIAL BRANCO

O sociólogo Joe Feagin cunhou a expressão "quadro racial branco" para descrever como os brancos fazem circular e reforçam mensagens raciais que os instituem como superiores.[30] Dessa forma, o quadro racial branco apoia-se e é um mecanismo chave da supremacia branca. O quadro é profundo e vasto, com milhares de "bits" armazenados. Esses "bits" são peças de informação cultural — imagens, histórias, interpretações, omissões, silêncios — transmitidas de uma pessoa ou grupo ao outro, de uma geração à outra. Os "bits" circulam explícita e implicitamente, por exemplo, por meio de filmes, televisão, notícias e outras mídias e histórias que nos são contadas por familiares e amigos. Pelo fato de usar constantemente o quadro racial branco para interpretar as relações sociais e a elas integrar novos "bits", os brancos restabelecem o quadro cada vez mais profundamente.

Em um nível mais geral, o quadro racial vê os brancos como superiores em cultura e capacidade de realização e encara as pessoas de cor como de menor peso político, econômico e social; as pessoas de cor são vistas como inferiores às brancas no que se refere a construir e manter a nação. No próximo nível do enquadramento, pelo fato de as instituições sociais (educação, medicina, direito, governo, finanças e forças armadas) serem controladas pelos brancos, a dominação branca é comum e tida como ponto pacífico. Serem os brancos desproporcionalmente enriquecidos e privilegiados por meio dessas instituições também é ponto pacífico; temos direito a mais privilégios e a mais recursos porque somos pessoas "melhores". Na porção mais profunda do quadro racial, estereótipos negativos e imagens raciais dos outros retratados como inferiores são reforçados e aceitos. Nesse nível, emoções correspondentes — tais como medo, desprezo e ressentimento — também são armazenadas.

O quadro inclui tanto compreensões negativas das pessoas de cor quanto compreensões positivas dos brancos e das instituições brancas. E é algo tão internalizado, tão fundo, que nunca é conscientemente considerado ou questionado pela maioria dos brancos. Ter noção do quadro racial branco abaixo da superfície de nossa percepção consciente, retomar o tempo mais remoto no qual membros de grupos raciais distintos do seu existiam. Pessoas de cor recordam um sentimento de sempre terem tido consciência disso, ao passo que pessoas brancas recordam ter chegado a essa consciência por volta dos cinco anos. Se você viveu em um ambiente primariamente branco e tem dificuldades em se lembrar, pense nos filmes da Disney, nos clipes musicais, nos heróis esportistas, na comida chinesa, no arroz Uncle Ben's, no Taco Bell Chihuahua, no Dia de Colombo (Dia da Hispanidade), no Apu de *Os Simpsons* e no burro de *Shrek*.

Refletir sobre essas representações e se perguntar: seus pais lhe disseram que a raça não tem importância e que todos somos iguais? Eles têm muitos amigos de cor? Se não há pessoas de cor vivendo em seu bairro, qual é a razão disso? Onde elas vivem? Que imagens, sons e cheiros você associa a esses outros bairros? Que tipo de atividades você acha que são feitas lá? Você foi estimulado ou desencorajado a conhecê-los?

E as escolas? O que torna uma escola boa? Quem frequentou as boas escolas? E as ruins, quem frequentou? Se as escolas de sua área fossem racialmente segregadas, por que vocês não foram à escola juntos? Se foi porque vocês vivem em bairros diferentes, por que isso acontece? As escolas "deles" eram consideradas iguais, melhores ou piores que a sua? Se havia transporte escolar segregado em sua cidade, para que direção ele ia; quem era levado para quais escolas? Por que o transporte escolar segregado ia numa direção e não noutra?

Se vocês iam à mesma escola, sentavam-se todos juntos na cantina? Não? Por que não? As classes dos alunos mais avançados e dos menos avançados eram racialmente integradas na mesma medida? Não? Por que não?

Agora pense em seus professores. Quando foi que você estudou com um professor da mesma raça que a sua? Com qual frequência?

A maioria dos brancos, ao refletir sobre essas questões, se dá conta de que sempre tiveram professores brancos; muitos deles só vieram ter um professor de cor na faculdade. Contrariamente, a maioria das pessoas de cor raramente teve, se é que teve, um professor que refletisse sua(s) própria(s) raça(s). Por que é tão importante refletir sobre nossos professores em nosso esforço para desvendar nossa socialização racial e as mensagens que recebemos das escolas?

Na medida em que responde a essas perguntas, você também passa a considerar quais raças estavam geograficamente mais próximas de você do que outras. Se sua escola era tida como racialmente diversa, que raças estavam mais representadas e como a distribuição racial afetava o sentido de valor associado à escola? Por exemplo, se estudantes brancos e de ascendência asiática eram os principais grupos raciais em sua escola, ela tendia a ser vista como melhor do que uma escola com maior representação de estudantes negros e latinos? O que você estava aprendendo na geografia sobre a hierarquia racial e seu lugar nela?

Se você viveu e foi à escola em regime de segregação racial, como a maioria nos Estados Unidos, você pode ter noção da incongruência entre a afirmativa de que todos eram iguais e a realidade segregadora que se vivia. Se você viveu em um bairro integrado e/ou frequentou uma escola integrada, tem noção da segregação em grande parte da sociedade extraescolar, especialmente em segmentos tidos como de valor ou qualidade mais altos. Ainda é altamente provável que houvesse separação racial dentro da escola. E para aqueles de nós que tenhamos crescido em ambientes mais integrados por conta da classe social ou de mudanças demográficas nos bairros, é improvável que a integração tenha sido mantida em nossas vidas atuais. Refletir sobre essas questões fornece um ponto de entrada para mensagens mais profundas que todos nós absorvemos e que moldam nosso comportamento e nossas respostas abaixo do nível consciente.

Nos Estados Unidos, a raça está codificada na geografia. Posso nomear qualquer bairro na minha cidade e seu perfil racial. Também posso dizer se um bairro está avançando ou recuando em termos de valor imobiliário, algo fundamentalmente baseado no ritmo de mudança de sua demografia racial. Se estiver recuando, é porque estará se tornando menos branco. Em minha infância, pôsteres nas paredes de minha escola e programas de televisão, como *Vila Sésamo*, diziam explicitamente que todas as pessoas eram iguais, mas nós simplesmente não convivemos inter-racialmente. Precisei fazer um esforço para entender essa separação. Se éramos iguais, por que vivíamos separados? Devia ser normal e natural viver separados (certamente nenhum adulto em minha vida questionava a separação). Em um nível mais profundo, devia estar correto viver separados, visto que éramos pessoas melhores. Como foi que assimilei a mensagem de que éramos melhores? Pense no modo como falamos sobre nossos bairros brancos: bons, seguros, protegidos, limpos, desejáveis. Por definição, outros espaços (não brancos) são maus, perigosos, assolados pelo crime e a ser evitados; esses bairros não são elencados entre os protegidos e inocentes. É assim que a quadro racial branco começa a ser construído.

Bairros predominantemente brancos não estão imunes às raças — eles *fervilham* de raças. Todo momento que gastamos nesses ambientes reforça poderosos aspectos do quadro racial branco, incluindo visão de mundo limitada, confiança em perfis profundamente problemáticos das pessoas de cor, conforto com a segregação sem a menor desconfiança de que algum valor deve existir em conviver com pessoas de cor e superioridade internalizada. Por outro lado, nossa capacidade de nos comprometer construtivamente com frentes inter-raciais se torna profundamente limitada.

Para dar um exemplo de uma lição precoce do enquadramento racial branco, imagine uma mãe branca e seu filho branco em um mercado. A criança vê um negro e grita: "Mamãe, a pele desse homem é negra!". Várias pessoas, incluindo o negro, se voltam para olhar. Qual você acha que será a resposta da mãe? A maioria das pessoas poria imediatamente o dedo na boca da criança e diria: "Psiiiu!". Quando se pergunta a pessoas brancas como a mãe deveria estar se sentindo, a maioria concorda em dizer que ela deveria estar experimentando ansiedade, tensão e embaraço. Certamente, muitos de nós vivemos experiências similares nas quais a mensagem era clara: não devemos falar abertamente sobre raça.

Quando eu uso esse exemplo com meus estudantes, às vezes, um deles dirá que a mãe está apenas ensinando seu filho a ser educado. Em outras palavras, nomear a raça daquele homem seria falta de educação. Por quê? O que há de vergonhoso em ser negro? — de tão vergonhoso que deveríamos até fingir não notar?[31] A reação da mãe seria provavelmente a mesma se o homem portasse alguma deficiência evidente ou se fosse obeso. Mas se a criança tivesse visto uma pessoa branca e berrasse: "Mamãe, a pele desse homem é branca!", seria improvável que a mãe sentisse a mesma ansiedade, tensão e embaraço que teria acompanhado a primeira afirmação.

Agora imagine que o menino tivesse gritado que o homem era bonito, ou forte. Essas afirmativas provavelmente seriam recebidas com risadas, com sorrisos. A criança provavelmente não seria silenciada, porque classificamos essas afirmativas como elogios.

O exemplo de uma criança referindo-se publicamente à raça de um homem negro e embaraçando a mãe exemplifica vários aspectos da socialização racial das crianças brancas. Primeiro, crianças aprendem que é proibido falar abertamente sobre raça. Segundo, elas aprendem que se deve fingir não perceber aspectos indesejáveis que definem algumas pessoas como menos valorizadas que outras (uma grande mancha de nascença no rosto de alguém, pessoas usando cadeiras de rodas). Tais lições manifestam-se posteriormente na vida, quando adultos brancos baixam a voz antes de nomear a raça de alguém que não é branco (especialmente se a raça a ser nomeada seja a *negra*), como se a negritude fosse vergonhosa ou como se a simples palavra fosse insultuosa. Se a isso acrescentarmos todos os comentários que fazemos privadamente sobre pessoas de cor, quando estamos menos monitorados, podemos começar a reconhecer como as crianças brancas aprendem a conviver com outras raças.

CAPÍTULO 3

O RACISMO PÓS-MOVIMENTO DOS DIREITOS CIVIS

"As crianças hoje são tão abertas. Quando os velhos morrerem, estaremos finalmente livres do racismo."

"Cresci em uma pequena comunidade rural, então eu estava protegido. Não aprendi nada de racismo."

"Julgo as pessoas por aquilo que fazem, não pelo que são."

"Não vejo cor; vejo pessoas."

"Somos todos vermelhos por baixo da pele."

"Eu marchei nos anos 1960."

***NOVO RACISMO* É A EXPRESSÃO CUNHADA PELO PROFESSOR** de cinema Martin Barker para classificar as formas como o racismo foi se adaptando no decorrer do tempo, de modo que as normas modernas, as políticas e as práticas resultem em efeitos raciais iguais aos do passado, embora não aparentando serem explicitamente racistas.[1] O sociólogo Eduardo Bonilla-Silva captura essa dinâmica no título *Racists Without Racists: Color-Blind Racism and the Persistence of Racial Inequality in America* ["Racistas sem racistas: racismo daltônico e a persistência da desigualdade racial nos Estados Unidos"].[2] Ele diz que, embora quase ninguém mais declare ser racista, o racismo ainda existe. Como isso é possível? O racismo ainda pode existir pelo fato de ele ser altamente adaptável. Por conta de sua adaptabilidade, precisamos ser capazes de identificar como ele muda no tempo. Por exemplo, depois de uma marcha nacionalista branca e do assassinato de um contramanifestante, o presidente dos Estados Unidos disse haver "pessoas de bem em ambos os lados". Há alguns poucos anos, esse comentário da parte de um servidor público de altíssimo escalão seria impensável. Mesmo que perguntássemos ao presidente se ele era racista, estou segura de que ele responderia com um alto e sonoro não (de fato, há pouco tempo, ele afirmou ser a pessoa "menos racista" que alguém pudesse conhecer no mundo). Neste capítulo, resenharei vários modos de adaptação do racismo no decorrer do tempo para continuar a produzir disparidade racial, ao mesmo tempo que isenta quase todos os brancos de qualquer envolvimento ou vantagem extraída do racismo.

Todos os sistemas de opressão são adaptativos; eles podem resistir e se ajustar aos desafios e, ainda assim, manter a desigualdade. Pense, por exemplo, no reconhecimento federal do casamento entre pessoas de mesmo sexo e as mudanças estruturais para pessoas com deficiências. Embora os sistemas globais de heterossexismo e capacitismo ainda tenham vigência, eles se adaptaram em certa medida. Tais adaptações são exibidas como garantia, para aqueles que lutaram longa e duramente por uma mudança específica, de que a igualdade foi finalmente alcançada. Esses marcos — como o reconhecimento do casamento entre pessoas do mesmo sexo, a aprovação da Lei dos Americanos Portadores de Deficiência (American With Disabilities Act, ADA, na sigla em inglês), Título 9, a eleição de Barack Obama — são, evidentemente, significativos e merecem ser celebrados. Contudo, os sistemas de opressão estão profundamente enraizados e não são superáveis pela mera aprovação de alguma lei. Os avanços também são tênues, como podemos comprovar nos recentes desafios aos direitos das pessoas LGBTQI (lésbicas, gays, bissexuais, transgêneros, *queer* ou questionadores e intersexo). Os sistemas de opressão não são completamente inflexíveis, mas são muito menos flexíveis do que a ideologia popular poderia reconhecer, e o impacto coletivo da desigual distribuição de recursos segue atuante através da história.

RACISMO DALTÔNICO

O chamado racismo daltônico é um exemplo da capacidade do racismo de se adaptar às mudanças culturais.[3] Segundo essa ideologia, se fingimos não perceber a raça, então não existe racismo. A ideia se baseia numa linha do famoso discurso "Eu tenho um sonho", de Martin Luther King em 1963, durante a Marcha sobre Washington por Trabalho e Liberdade.

No tempo do discurso de King, era muito mais socialmente aceitável os brancos admitirem seus preconceitos raciais e crença na superioridade racial branca. Contudo, muitos brancos jamais haviam testemunhado o tipo de violência a que os negros estavam submetidos. Pelo fato de a luta por direitos civis ser televisionada, brancos em todo o país viam com horror homens, mulheres e crianças negros serem atacados por cães policiais e mangueiras de incêndio durante protestos pacíficos, espancados e arrastados lanchonetes afora. Depois que a Lei dos Direitos Civis de 1964 foi aprovada (um marco dos direitos civis e da lei trabalhista americana que criminaliza a discriminação baseada em raça, cor, religião, sexo ou nacionalidade), tornou-se menos aceitável os brancos admitirem preconceito racial; eles passaram a não querer ser associados aos atos racistas que testemunhavam na televisão (além do fato de que, a partir de então, a discriminação era ilegal). Uma linha do discurso de King em particular — a de que um dia ele seria julgado pelo conteúdo de seu caráter e não pela cor de sua pele — era apropriada pelo público branco porque as palavras eram tidas como capazes de fornecer uma solução simples e imediata para as tensões raciais: fingir que não vemos a raça para o racismo acabar. O daltonismo racial era então promovido à solução para o racismo, com brancos insistindo em que não viam raça ou, se a vissem, ela não fazia o menor sentido para eles.

Claramente, o movimento por direitos civis não acabou com o racismo; nem as pretensões do daltonismo, mas reduzir a obra de King a essa ideia simplista é um exemplo de como os movimentos por mudança social são cooptados, despidos de seu desafio inicial e usados contra a própria causa da qual se originaram. Por exemplo, uma resposta comum em nome do daltonismo racial é declarar que um indivíduo que confere importância à raça é que é racista. Em outras palavras, é racista reconhecer a raça.

Vamos examinar a ideologia daltônica da perspectiva da pessoa de cor. Um exemplo, que frequentemente dou, ocorreu quando eu dividia a coordenação de um grupo de discussão com um negro. Uma participante branca disse a ele: "Não vejo raça; não vejo você como um negro". A resposta de meu companheiro de coordenação foi: "Então, como você vê o racismo?". Depois disso, meu colega explicou: ele era indubitavelmente negro, estava seguro de que ela podia ver isso, e sua raça significava que ele tinha uma experiência de vida muito distinta da dela. Se ela, um dia, viesse a entender ou questionar o racismo, teria de reconhecer essa diferença. Fingir não se dar conta de que ele era negro não ajudava em nada, porque isso era negar a realidade dele — sem dúvida, era recusar sua realidade — e manter a dela isolada e incontestada. Fingir não se dar conta da raça dele supunha que ele era "exatamente como ela" e, ao fazer isso, ela projetava a realidade dela nele. Por exemplo, eu me sinto acolhida no trabalho, você também deve sentir o mesmo; nunca achei que minha raça tivesse algum peso, você também não deve achar que a sua tenha. Todavia, é claro que vemos a raça das outras pessoas, e a raça retêm profundo significado social para nós.

Podemos pensar em percepção racial consciente como a ponta de um *iceberg*, como os aspectos superficiais de nossa socialização racial: nossas intenções (sempre boas!) e aquilo que se espera que reconheçamos estar vendo (nada!). Enquanto isso, abaixo da superfície situa-se a profundidade maciça da socialização racista: mensagens, crenças, imagens, associações, superioridade e direitos automáticos, percepções e emoções. A ideologia daltônica nos dificulta dirigir-nos a essas crenças inconscientes. Embora a ideia de daltonismo racial possa ter se iniciado como uma estratégia bem intencionada para interromper o racismo, na prática ela serviu para negar a realidade do racismo e, portanto, mantê-lo intocado.

O viés racial é amplamente inconsciente, e nisso reside o desafio mais profundo: a atitude defensiva que se segue à menor sugestão de viés racial.[4] Tal atitude é a clássica fragilidade branca porque protege nossa inclinação racial ao mesmo tempo que afirma nossas identidades como receptivas. Sim, é desconfortável nos confrontar com um aspecto de nós mesmos do qual não gostamos, mas não podemos mudar aquilo que nos recusamos a ver.

Inúmeros estudos demonstram empiricamente que pessoas de cor são segregadas em seus locais de trabalho.[5] Suponha que você tenha tido prova empírica de que seu colega de trabalho segregou involuntariamente pessoas de cor em um processo de seleção. Por acreditar na igualdade, você provavelmente se veria impelido a dizer à pessoa para parar com isso. Você teria indicado a discriminação com a maior diplomacia possível. Mesmo assim, segundo você, qual seria a resposta de seu colega? De agradecimento por você ter trazido o fato à atenção dele? Provavelmente não. Bem mais provável seu colega de trabalho reagir com mágoa, raiva e atitude defensiva, afirmando que não teria discriminado racialmente, mas escolhido os candidatos mais competentes. E o indivíduo sinceramente estaria acreditando ser essa a verdade, mesmo que você tivesse prova empírica do contrário. Essa atitude defensiva se enraíza na falsa, mas muito difundida, crença de que só há discriminação racial intencional. Nossa falta de entendimento sobre tendências implícitas conduz ao racismo reverso.

RACISMO AVERSIVO

O racismo aversivo é uma manifestação racista que pessoas bem-intencionadas que veem a si mesmas como educadas e progressistas estão mais inclinadas a exibir.[6] Ele existe sob a superfície da consciência porque conflita com as crenças de igualdade e justiça raciais conscientemente mantidas. O racismo aversivo é uma forma sutil, mas insidiosa, dado que os racistas aversivos praticam o racismo de modo a manter uma autoimagem positiva (por exemplo: "Tenho muitos amigos de cor"; "Julgo as pessoas pelo caráter, não pela cor de sua pele").

Os brancos praticam racismo enquanto mantêm uma autoimagem positiva de muitos modos:

- Racionalizando a segregação racial como triste, mas necessária para se ter acesso a "boas escolas".
- Racionalizando que nossos locais de trabalho são praticamente todos brancos porque as pessoas de cor não se candidatam.
- Evitando linguagem racial direta e usando termos racialmente codificados tais como *urbano, subprivilegiado, diverso, grosseiro* e *bairros decentes*.
- Negando que temos poucas relações inter-raciais ao proclamar o quão diversos são nossa comunidade e nosso local de trabalho.
- Atribuindo a desigualdade entre brancos e pessoas de cor a causas distintas do racismo.

Vejam a conversa que tive com uma amiga branca. Ela estava me contando que um casal (branco) conhecido seu acabara de se mudar para Nova Orleans e havia comprado uma casa por apenas 25 mil dólares. "Naturalmente", ela imediatamente acrescentou, "eles também tinham uma arma, e Joan tem medo de sair de casa". Vi imediatamente que eles tinham comprado uma casa em um bairro negro. Esse era um momento de conexão racial branca entre esse casal que compartilhou a história de perigo racial e minha amiga e, depois, entre mim e minha amiga, na medida em que ela repetia o relato. Por meio dessa história, nós quatro fortalecemos imagens familiares do horror do espaço negro e levantamos barreiras entre "nós" e "eles" sem nem mesmo nomear diretamente de que raça se tratava ou expressar abertamente nosso desprezo pelo espaço negro.

Note que a necessidade de ter uma arma é parte essencial dessa história — não teria o grau do capital social que tem se a ênfase tivesse sido posta apenas no preço pago pela casa. Em vez disso, o poder emocional do relato reside no motivo de uma casa ser tão barata — porque se situa em um bairro negro de onde pessoas brancas literalmente podem não sair vivas. Mesmo que representações estereotipadas e negativas dos negros tenham sido reforçadas nessa conversa, não nomear a raça fornecia uma negação plausível. E realmente, ao me preparar para compartilhar esse fato, mandei uma mensagem para minha amiga e lhe perguntei o nome da cidade para onde seus amigos tinham se mudado.

Eu também queria confirmar minha suposição de que ela estava falando de um bairro negro. Mostro a troca de mensagens a seguir:

— Olá, em que cidade você disse que seus amigos tinham comprado uma casa por US$ 25 mil?

— Nova Orleans. Eles disseram que vivem em um bairro péssimo e que cada um deles precisa de uma arma para se proteger. Eu não pagaria nem cinco centavos para viver em um bairro desses.

— Suponho que seja um bairro negro?

— Sim. O barato sai caro. Melhor pagar US$ 500 mil e viver em algum lugar livre do medo.

— Não estou perguntando por querer ir morar lá. Estou escrevendo sobre isso em meu livro, sobre a maneira como os brancos falam sobre raça sem nem ao menos assumirem que estão falando dela.

— Eu não gostaria de vê-la morando lá. É muito longe para mim!

Notem: quando estou simplesmente perguntando a cidade onde a casa está localizada, ela repete a história de que o bairro é tão ruim que seus amigos precisam ter armas. Quando pergunto se o bairro é negro, ela confirma confortavelmente que sim. Porém, quando lhe digo que estou interessada na forma como os brancos falam, sem falar, sobre raça, ela muda a narrativa. Agora, sua preocupação é não querer me ver vivendo tão longe. Esse é um exemplo clássico de racismo aversivo: manter um desprezo racial profundo que emerge no discurso cotidiano, mas sem ser capaz de admiti-lo porque o desprezo conflita com nossa autoimagem e crenças declaradas.

Os leitores podem se perguntar: "Mas se o bairro é perigoso mesmo, por que reconhecer o perigo seria sinal de racismo?". Pesquisas sobre a tendência implícita demonstrou que percepções de atividade criminosa são influenciadas pela raça. Os brancos perceberão o perigo simplesmente diante da presença de negros; não podemos confiar em nossas percepções quando entram em jogo raça e crime.[7] Contudo, independentemente de o bairro ser realmente mais ou menos perigoso que outras vizinhanças, o que se destaca em minha troca de mensagens é como ela funciona racialmente e o que significa para as pessoas brancas nela envolvidas. Para minha amiga e eu, a conversa não aumentou nossa consciência do perigo de algum bairro específico. Ao contrário, a troca de mensagens reforçou nossas crenças fundamentais sobre os negros. Toni Morrison usa a expressão *conversa racista* para capturar "a inserção explícita na vida cotidiana de signos e símbolos raciais que não têm outro sentido senão relegar os afro-americanos ao nível mais baixo da hierarquia racial".[8] A conversa racista casual é o componente chave do enquadramento racial branco porque concretiza as metas interconectadas de elevar os brancos e, ao mesmo tempo, rebaixar as pessoas de cor. A conversa racista sempre implica um "nós" e um "eles" raciais.

Vejam uma experiência minha de racismo aversivo. Meu último posto universitário foi em um estado ao qual eu nunca fora antes de fazer concurso para o cargo. Durante os três dias de duração do concurso, outras pessoas brancas me avisaram para não comprar uma casa em Springfield ou Holyoke se eu viesse a ser a escolhida para assumir a vaga, especialmente se eu tivesse filhos. Embora ninguém tivesse falado abertamente de raça, a codificação racial ficou clara para mim. A partir daquele momento, eu já sabia que as pessoas de cor se concentravam naquela área. Ao mesmo tempo, pelo fato de ninguém ter mencionado raça diretamente, todos nós poderíamos negar do que é que estávamos realmente falando. Ao voltar para meu hotel na primeira noite, dei uma olhada na demografia local. E, realmente, Springfield e Holyoke detinham populações altamente significativas, cerca de cinquenta por cento de habitantes negros e pardos. Desde o momento de minha chegada, meus companheiros brancos me comunicaram as fronteiras raciais locais.[9]

Meus alunos de capacitação docente também se envolveram nessa conversa racista — para reforçar as fronteiras entre "nós" e "eles" e, simultaneamente, nos posicionarem como superiores. Eles se envolviam em conversa racista quando exprimiam o medo de serem mandados a bairros "perigosos", ao mesmo tempo que descreviam seus lugares de origem como "seguros". Essas representações são incansavelmente reforçadas por novos relatos que qualificam crimes violentos praticados em comunidades primariamente brancas como chocantes, mesmo defendendo que aquele que cresceu em um ambiente protegido levanta uma questão que grita por resposta: "Protegido de que e em contraste com quem?". Se crescemos em ambientes com poucas ou com nenhuma pessoa de cor, não estamos, de fato, menos protegidos do condicionamento racista porque temos de confiar nas estreitas e repetitivas representações, piadas e omissões das mídias e das orientações para nossa compreensão das pessoas de cor?

Em contrapartida, qualificar os espaços brancos como seguros e aqueles que neles são criados como racialmente inocentes conecta-se com as narrativas clássicas de pessoas de cor como *não* inocentes. Imagens racistas e os medos delas decorrentes podem ser encontrados em todos os níveis sociais, e miríades de estudantes demonstram que os brancos acreditam que pessoas de cor (especialmente as negras) são perigosas.[10]

Brancos raramente levam em conta o quão protegidos e seguros seus espaços podem ser desde a perspectiva de pessoas de cor. Pelo fato de inverter a real direção do perigo racial, essa narrativa pode ser das mais perniciosas.

Quando você passa a levar em conta o julgamento moral que fazemos das pessoas por nós classificadas de racistas em nossa sociedade, a necessidade de negar nosso próprio racismo — até para nós mesmos — passa a fazer sentido. Nós nos cremos superiores em um nível profundamente internalizado e agimos de acordo com essa crença em nossas práticas cotidianas, mas temos de negar essa crença para caber na sociedade e manter nossa autoidentidade de pessoas boas e corretas. Infelizmente, o racismo aversivo protege exclusivamente o racismo porque não podemos questionar nossos filtros raciais sem nem ao menos pensar na possibilidade de que nos guiamos por eles. Obviamente, algumas pessoas brancas se declaram abertamente racistas. Temos de fato de considerar esses brancos como mais conscientes e honestos a respeito de suas tendências do que aqueles entre nós que consideramos liberais, mesmo quem raramente tenha pensado nas tendências que de forma inevitável defendemos ou em como costumamos exprimi-las.

RACISMO CULTURAL

O conjunto de pesquisas sobre crianças e racismo demonstra que as crianças brancas desenvolvem um senso de superioridade branca desde a pré-escola.[11] Esse início tão precoce não é de surpreender, dado que a sociedade emite constantes mensagens de que ser branco é melhor do que ser de cor.

Apesar das afirmativas de muitos jovens adultos brancos de que o racismo é coisa do passado e de que eles foram educados a ver a todos como iguais, as pesquisas comprovam o contrário. Por exemplo, pesquisas de opinião encomendadas pela MTV em 2014 demonstram que a geração Y professa maior tolerância e um compromisso mais profundo com a igualdade e a justiça do que as gerações anteriores.[12] Ao mesmo tempo, a geração Y está engajada em um ideal daltônico que a leva a se sentir desconfortável e confusa quando se trata de raça e contrária a medidas de redução da desigualdade racial. Talvez mais significativamente, 41% dos brancos da geração Y acreditam que o governo dá exagerada atenção às minorias e 48% acham que a discriminação contra os brancos é um problema maior do que a discriminação contra pessoas de cor. Muitos dessa geração afirmam que a eleição de Barack Obama para a presidência dos Estados Unidos é uma prova de que somos pós-raciais. Essas pesquisas foram feitas antes da eleição de Donald Trump, mas, como sua eleição deixou claro, estamos muito longe disso.

Outro estudo significativo, baseado nas práticas da geração Y e não em suas declarações, foi feito pelos sociólogos Leslie Picca e Joe Feagin.[13] Eles pediram a 626 universitários brancos em 28 faculdades de todo o país que registrassem em diários todo e qualquer exemplo de questões raciais, de imagens raciais e de compreensão racial que observassem ou de que fizessem parte durante seis a oito semanas. Os estudantes registraram mais de 750 relatos de comentários e ações descaradamente racistas de pessoas brancas próximas a eles (amigos, família, conhecidos, estranhos). Esses relatos provêm justamente da geração que afirma ter sido ensinada a ver a todos como iguais — aqueles que cresceram na era da ideologia daltônica pós-movimento pelos direitos civis. O estudo de Picca e Feagin prova empiricamente que o racismo continua a ser explicitamente declarado pelos brancos, mesmo por aqueles que são jovens e se declaram progressistas. Vejamos os seguintes exemplos:

> "Enquanto estou sentada numa sala com um grupo de colegas da universidade, Phil passa cantando 'trá, trá, trá'. Perguntei [...] o que o termo significa e obtenho como resposta uma risadinha e um rápido 'é gíria para gente preta, como diz a música 'Bicha pre (trá, trá, trá, trá)'." [Eileen].

> "Robby estava contando uma piada [...]. Ele olhou em volta para ver se havia alguém por perto. E começou: 'Um negro, um latino e um branco encontraram uma lâmpada mágica na praia [e seguiu contando uma piada racista]'. Eu a achei muito engraçada e não fui a única. Mas achei bom ele ter esperado até não haver ninguém por perto para contá-la. Quem não conhecesse Robby poderia entendê-lo mal" [Ashley].[14]

Várias dinâmicas comuns são exemplificadas nos milhares de exemplos coletados por Picca e Feagin. A primeira é a quanto racismo explícito os jovens estão expostos e de quanto são convidados a participar. A segunda é a ideia de que se alguém é uma boa pessoa, não pode ser racista, como demonstrado na nota da estudante de que, se alguém ouvisse, Robby poderia ser "mal interpretado". Essa espécie de racismo dirige-se a uma dinâmica especialmente desafiadora em que brancos operam sob a falsa afirmativa de que não podemos ser, simultaneamente, pessoas boas e termos parte com o racismo, na mesma medida em que somos desonestos acerca do que realmente pensamos e fazemos a respeito das pessoas de cor.

O estudo ainda revela um padrão consistente segundo o qual esses comentários e ações foram expressos. A maioria dos episódios se deu naquilo que os pesquisadores descrevem como *bastidores* — sempre em branca companhia. Além disso, eles constataram que os brancos envolvidos nesses episódios muito frequentemente representavam papéis previsíveis. Geralmente, havia um protagonista que dava início ao ato racista, um(a) líder de torcida que o encorajava pelo riso ou pela concordância, os espectadores que se mantinham em silêncio e (muito rarissimamente) um dissidente se opondo ao ato. Praticamente todos os dissidentes eram sujeitados a uma forma de pressão dos pares quando se lhes dizia tratar-se de uma simples piada para relaxá-los.

Os pesquisadores documentam que na linha de frente (quando pessoas de cor estavam presentes), os estudantes brancos exibiam uma gama de comportamentos racialmente conscientes, incluindo os seguintes:

- Agir com simpatia excessiva.
- Evitar contato (por exemplo, atravessar a rua ou evitar um bar ou clube específicos).
- Imitar "a fala e os modos dos negros".
- Ter o cuidado de não usar termos ou rótulos raciais.
- Usar códigos para falar negativamente de pessoas de cor.
- Violência ocasional contra pessoas de cor.

Nos bastidores, onde não havia pessoas de cor, os estudantes brancos frequentemente recorriam ao humor para reforçar estereótipos raciais sobre as pessoas de cor, especialmente as negras. Picca e Feagin argumentam que o propósito dessas representações de bastidores é criar solidariedade e fortalecer a ideologia da supremacia branca e masculina. Esse comportamento mantém o racismo em circulação, se bem que de maneira menos formal, mas talvez mais poderosa do que no passado. Hoje nós temos uma norma cultural que insiste para escondermos nosso racismo das pessoas de cor e negá-lo entre nós, mas não que realmente o desafiemos. De fato, somos socialmente penalizados por desafiar o racismo.

Frequentemente me perguntam se eu acho a geração mais nova menos racista. Não, eu não acho. De alguma maneira, as adaptações do racismo no decorrer do tempo são mais sinistras que leis concretas como as de Jim Crow. As adaptações produzem o mesmo resultado (as pessoas de cor são impedidas de avançar), mas foram instaladas por uma sociedade branca dominante que não irá ou não pode confessar suas crenças. Essa intransigência resulta em outro pilar da fragilidade branca: a recusa a saber.

CAPÍTULO 4

COMO A RAÇA CONFIGURA A VIDA DOS BRANCOS?

Pessoas brancas: Não quero que me entendam melhor; quero que se entendam a si mesmos. Sua sobrevivência nunca dependeu de seu conhecimento da cultura branca. Na verdade, o que se requer é sua ignorância.

— IJEOMA OLUO

PARA PODER ENTENDER POR QUE OS BRANCOS TÊM TANTA dificuldade em conversar sobre raça, precisamos entender o fundamento implícito da fragilidade branca: como ser branco configura nossas perspectivas, experiências e respostas. Cada aspecto do ser branco discutido neste capítulo é compartilhado por quase todos os brancos no contexto ocidental, em geral, e no contexto norte-americano, em particular. Ao mesmo tempo, pessoa alguma de cor pode afirmar a mesma coisa nesse contexto.

PERTENCIMENTO

Nasci numa cultura à qual pertenci racialmente. Sem a menor dúvida, as forças do racismo já estavam me moldando antes mesmo de eu dar meu primeiro respiro. Se eu nascesse em um hospital, independentemente da década, qualquer hospital estaria aberto para mim por meus pais serem brancos. Se meus pais procurassem um curso pré-parto, o instrutor seria muito possivelmente branco, os vídeos a que eles assistiriam durante as aulas certamente retratariam pessoas brancas, e seus colegas de curso, com os quais construiriam conexões e vida comunitária, teriam grande chance de serem brancos. Quando meus pais lessem seus manuais de parto e outros materiais escritos, as fotos provavelmente seriam de mães e pais, médicos e enfermeiros brancos. Se eles fizessem aulas de cuidados parentais, as teorias e modelos de desenvolvimento infantil estariam baseados na identidade racial branca. Médicos e enfermeiros assistindo meu nascimento provavelmente seriam brancos. Apesar de meus pais poderem estar ansiosos em relação ao processo de nascimento, eles não teriam de se preocupar, por conta de sua raça, com a maneira pela qual seriam tratados pelos funcionários do hospital. Os anos de pesquisa demonstrando a discriminação racial na assistência médica me asseguram de que meus pais certamente foram bem tratados pelo pessoal do hospital e receberam uma alta dose de cuidado, que não receberiam se fossem pessoas de cor[1].

Por outro lado, as pessoas que limpavam o quarto de minha mãe no hospital, lavavam, cozinhavam e limpavam a lanchonete e mantinham as instalações seriam principalmente pessoas de cor. O próprio contexto no qual entrei no mundo era hierarquicamente organizado por raça. Com base nessa hierarquia, podíamos prever se eu sobreviveria ao meu nascimento a partir de minha raça.

Na medida em que me movo em minha vida cotidiana, minha raça mal se nota. Sinto pertencimento quando ligo a TV, leio os romances mais vendidos e assisto a filmes de grande sucesso. Sinto pertencimento quando passeio pelos corredores do supermercado ou passo de carro pelos *outdoors*. Sinto pertencimento quando vejo o número esmagador de pessoas brancas na lista das "Mais Belas". Posso me sentir inadequada à luz de minha idade ou peso, mas tenho pertencimento racial. Por exemplo, em 2017, a cantora Rihanna apresentou uma linha de produtos de maquiagem para mulheres de todos os tons de pele. A gratidão das mulheres de cor desabrochou. Muitos de seus tuítes incluíam a interjeição "Finalmente!".[2] O tipo de tuíte que eu nunca precisei postar.

Sinto pertencimento quando olho para meus professores, orientadores educacionais, colegas de classe. Sinto pertencimento quando aprendo a história de meu país durante o ano e quando vejo seus heróis e heroínas — George Washington, Thomas Jefferson, Abraham Lincoln, Robert E. Lee, Amelia Earhart, Susan B. Anthony, John Glenn, Sally Ride e Louisa May Alcott.[3] Sinto pertencimento quando folheio meus livros escolares e as fotos nas paredes de minha sala de aula. Sinto pertencimento quando converso com os professores de meus filhos, quando falo com seus monitores de acampamento, quando os levo a consultas com seus médicos e dentistas. Por mais que eu tenha de explicar a razão de todas essas representações serem majoritariamente brancas, elas ainda configurarão minha identidade e visão de mundo.

Praticamente em toda situação ou contexto aparentemente normais, neutros ou prestigiosos na sociedade, tenho pertencimento racial. Esse pertencimento é um sentimento profundo e onipresente que sempre me acompanhou. O pertencimento foi profundamente implantado em minha consciência; ele molda meus pensamentos e interesses cotidianos, aquilo por que me empenho na vida e o que espero encontrar. A experiência de pertencimento é tão natural que nem preciso pensar nela. Os raros momentos em que não tenho pertencimento racial surgem como uma surpresa — surpresa que posso desfrutar por sua novidade ou facilmente evitar se a considerar perturbadora.

Por exemplo, fui convidada para uma festa de aposentadoria de um amigo. A festa era um piquenique num parque público, para o qual cada um levava um prato. Quando fui descendo o declive que levava à área de piqueniques, vi que havia duas festas acontecendo, uma ao lado da outra. Uma reunião era primariamente composta por brancos e a outra parecia toda de negros. Senti uma espécie de desequilíbrio enquanto me aproximava, tendo de descobrir qual delas era a de meu amigo. Tive um leve sentimento de ansiedade ao pensar que talvez tivesse de entrar no grupo de negros, depois um leve alívio quanto entendi que meu amigo estava no outro grupo. Esse alívio se amplificou quando pensei que eu poderia ter me dirigido equivocadamente à festa negra! Todos esses pensamentos e sentimentos se deram em pouquíssimos segundos, mas foram um raro momento de autoconsciência racial. A simples possibilidade de ter a experiência de não pertencimento racial foi suficiente para despertar o desconforto racial.

É muito raro eu ter experiências de não pertencimento racial. Elas são geralmente situações muito temporárias, facilmente evitáveis. Na verdade, no decorrer de minha vida, fui sempre aconselhada a evitar situações nas quais eu pudesse ser minoria racial. Tais situações são sempre apresentadas como assustadoras, perigosas ou "suspeitas". Mesmo que o ambiente ou situação sejam tidos como bons, agradáveis ou valiosos, posso estar segura de que, enquanto pessoa branca, serei vista como racialmente incluída.

LIVRE DO PESO DA RAÇA

Pelo fato de eu não ter sido socializada para me ver ou ser vista pelos outros brancos em termos raciais, não carrego o peso psíquico da raça; não preciso me preocupar com o modo como os outros se sentem a respeito de minha raça. Nem preciso me preocupar com a possibilidade de minha raça ser usada contra mim. Embora eu possa me sentir desconfortável num ambiente de classe média alta, terei a clareza de pertencer racialmente a essa condição. Seguramente não serei a única pessoa branca nesses ambientes, a menos que o evento seja especificamente organizado ou celebrado por pessoas de cor.

Patrick Rosal escreve comoventemente sobre a dor de ser confundido com um serviçal durante um evento *black-tie* em homenagem aos vencedores do National Book Award [o Prêmio Nacional do Livro].[4] Testemunhei muitas vezes essa suposição de servidão nas ocasiões em que cheguei à recepção de hotéis com colegas de cor. Eu mesma fiz essa suposição quando fui incapaz de disfarçar minha surpresa diante do fato de o diretor da escola ser negro ou quando perguntei a uma mulher latina ajoelhada cuidando de seu jardim se aquela casa lhe pertencia.

No momento em que precisar escolher que carreira seguir, terei inúmeros modelos em um amplo espectro de campos. Quando concorro a um trabalho, qualquer pessoa em condição de me contratar compartilhará minha raça. E, embora eu possa encontrar um caso exemplar de pessoa de cor durante o processo seletivo, se eu não estiver pleiteando uma vaga em alguma empresa fundada por pessoas de cor, a maioria daqueles com os quais interajo compartilharão minha raça. Depois de contratada, não terei de lidar com o ressentimento de meus colegas dizendo que só consegui o emprego porque sou branca; serei considerada simplesmente a mais qualificada.[5] Se houver pessoas de cor na empresa descontentes com minha contratação, poderei simplesmente ignorá-las e manter a convicção de que seus sentimentos não terão peso algum. Se o ressentimento das pessoas de cor conseguir chamar minha atenção, poderei encontrar generosa validação e todo outro tipo de apoio da parte de meus colegas brancos, que me assegurarão que nossos colegas de cor estão sendo parciais. Diante da raça como uma não questão, poderei me concentrar em meu trabalho e produtividade e ser vista como parte da equipe. Esse é mais um exemplo do conceito de branquitude como propriedade anteriormente discutido: a branquitude carrega vantagens psicológicas que se traduzem em resultados materiais.

Enquanto meu dia transcorre, o racismo simplesmente não é um problema para mim. Embora eu tenha consciência de que a raça foi usada injustamente contra as pessoas de cor, não fui ensinada a ver esse problema como responsabilidade minha. Visto que, pessoalmente, nunca fiz algo de que minha consciência me acuse, o racismo não é uma questão. Essa isenção de responsabilidade me confere um nível de relaxamento racial e de espaço emocional e intelectual de que as pessoas de cor não podem dispor enquanto seu dia transcorre. Elas não carecem desses benefícios apenas porque fazem parte de uma minoria numérica e eu não (os homens brancos são uma minoria numérica). As pessoas de cor carecem desses benefícios por serem racializadas dentro de uma cultura de supremacia branca — cultura na qual são vistas como inferiores, se é que são vistas.

Crescida em uma cultura supremacista branca, eu projeto uma suposição profundamente internalizada de superioridade racial. Ter de se locomover entre a suposição de superioridade racial internalizada pelas pessoas brancas é um grande esgotamento psíquico para as pessoas de cor, mas eu não tenho a menor necessidade de me preocupar com isso.

LIBERDADE DE MOVIMENTO

Sou livre para me mover em praticamente qualquer espaço visto como normal, neutro ou valioso. Apesar de eu dever me preocupar com minha posição de classe em alguns ambientes, por exemplo, um evento da "alta sociedade" tais como a abertura de uma exposição em um museu ou um leilão de arte, não terei de me preocupar com minha raça. Realmente, minha raça atuará em meu favor nesses cenários, garantindo-me o benefício inicial da dúvida de pertencer ou não àquele grupo.[6] Certamente também não serei a única pessoa branca presente, a menos que o evento seja especificamente organizado por pessoas de cor ou promovido em sua homenagem.

No início de minha carreira como instrutora de diversidade em ambientes de trabalho, coliderei as oficinas com Deborah, uma negra. Depois de uma agenda de viagem especialmente exaustiva, propus seguirmos para um fim de semana de descanso em Lake Coeur d'Alene, Idaho. Deborah riu ao ouvir minha sugestão e me fez ver que visitar o norte de Idaho não soava como um fim de semana de descanso para ela. Além de ser uma cidadezinha minúscula, Lake Coeur d'Alene fica perto de Hayden Lake, lugar onde a Nação Ariana estava construindo um condomínio.[7] Embora nem todas as pessoas que vivem na área fossem nacionalistas brancas confessas, saber que algumas pessoas podiam fazer parte desse grupo abertamente racista era aterrorizante para Deborah. Mesmo que não existissem acampamentos nacionalistas brancos organizados na área, Deborah não queria ficar isolada em um ambiente possivelmente cem por cento branco e ter de interagir com brancos que podiam nunca ter visto uma negra antes. Enquanto pessoa branca, eu não tinha de pensar em nada disso; todos os lugares que acho bonitos estão racialmente abertos para mim, e minha expectativa é a de viver ali uma experiência agradável e relaxante.

SIMPLESMENTE PESSOAS

Outra configuração característica de minha vida, pelo fato de eu ser branca, é minha raça ser tida como a norma para a humanidade. Os brancos são "simplesmente pessoas!" — nossa raça raramente é, se é que é alguma vez, nomeada. Pense em quantas vezes brancos mencionam a raça de uma pessoa se elas não são brancas: meu amigo negro, a asiática. Gosto de literatura para jovens adultos, mas me surpreendo ao ver quão consistentemente a raça dos personagens de cor é nomeada e com que frequência exclusivamente as raças deles é que é nomeada.

Para dar um exemplo escolar, pense nos escritores cuja leitura se recomenda nos Estados Unidos. A lista geralmente inclui Ernest Hemingway, John Steinbeck, Charles Dickens, Fiódor Dostoiévski, Mark Twain, Jane Austen e William Shakespeare. Esses escritores são tidos como os representantes da experiência humana universal, e nós os lemos exatamente pelo fato de serem considerados capazes de nos falar a todos. Pense agora nos escritores para os quais nos voltamos durante eventos para a promoção da diversidade — eventos como a Semana dos Autores Multiculturais e o Mês da História Negra. Entre esses escritores geralmente estão Maya Angelou, Toni Morrison, James Baldwin, Amy Tan e Sandra Cisneros. Chegamos a esses escritores pela perspectiva negra ou asiática. Toni Morrison é sempre vista como uma escritora negra, nunca como uma escritora e ponto. Mas quando não estamos buscando algo em perspectiva negra ou asiática, voltamos aos escritores brancos, reforçando a ideia dos brancos como simplesmente humanos e das pessoas de cor como tipos específicos (racializados) de seres humanos. Isso também permite aos escritores (homens) brancos serem vistos como desprovidos de agenda ou de perspectiva particular, enquanto escritores racializados (e generificados) têm sempre alguma.

Praticamente toda representação do *humano* baseia-se nas normas e imagens dos brancos — maquiagem cor da pele, emoji padrão, representações de Adão e Eva, Jesus e Maria, maquetes educacionais do corpo humano de pele branca e olhos azuis.[8] Veja, por exemplo, uma foto de ampla circulação publicada pelo *Daily Mail*. A foto de uma mulher branca, loura e de olhos azuis trazia a legenda: "Como seria um rosto cientificamente perfeito?". Abaixo da imagem, a pergunta: "Este é o rosto perfeito?".[9] Esse exemplo ilustra vários conceitos discutidos até agora: o quadro racial branco, a branquitude como norma humana, como ideal de beleza e naturalmente superior. Não apenas a ideia subjacente à afirmativa é racialmente problemática por si mesma, como se baseia e reforça o pano de fundo de uma era pregressa de racismo científico.

Pensemos nos modelos de desenvolvimento infantil e seus estágios e em como nossa cultura fala sobre as crianças como grupo. Os especialistas apresentam o desenvolvimento humano como se ele fosse universal. De vez em quando, precisamos distinguir entre meninos e meninas, mas, mesmo aí, as categorias são tidas como capazes de incluir todos os meninos ou todas as meninas. Pense agora em todas as dinâmicas que discuti até agora. O desenvolvimento de uma criança asiática ou indígena é o mesmo de uma criança branca no interior do contexto da supremacia branca?

SOLIDARIEDADE BRANCA

A solidariedade branca é o acordo tácito entre os brancos para protegerem a vantagem branca e não causar desconforto racial a outro branco se eles forem confrontados quando dizem ou fazem algo racialmente problemático. Christine Sleeter, pesquisadora educacional, descreve essa solidariedade como "vínculo racial" branco. Ela observa: quando brancos interagem, eles afirmam "uma postura comum acerca das questões relacionadas à raça, legitimando interpretações específicas acerca de grupos de cor e estabelecendo fronteiras conspiratórias nós-eles".[10] A solidariedade branca exige tanto o silêncio acerca de tudo o que exponha as vantagens da posição branca quanto o acordo tácito de permanecer racialmente unido na proteção da supremacia branca. Romper a solidariedade branca é sair da ordem.

Vemos a solidariedade branca à mesa de jantar, nas festas e nos ambientes de trabalho. Muitos de nós podemos nos ver no grande jantar de família durante o qual o velho tio sempre diz algo racialmente ofensivo. Todos se revoltam, mas ninguém o enfrenta porque não há quem queira estragar o jantar. Ou na festa na qual alguém conta uma piada racista, mas guardamos silêncio por não querermos ser acusados de politicamente corretos em excesso e aconselhados a deixar para lá. Em ambientes corporativos, evitamos dar nome ao racismo pelas mesmas razões, além de querer ser vistos como integrados à equipe e evitar algo que possa comprometer nossa ascensão profissional. Todos esses cenários familiares são exemplos de solidariedade branca. (Por que falar abertamente sobre racismo arruinaria o ambiente ou ameaçaria nossa ascensão na carreira é algo que temos de ter a coragem de abordar.)

As consequências reais de quebrar a solidariedade branca desempenham um papel fundamental na manutenção da supremacia branca. Realmente corremos o risco de ser censurados e de sofrer outras penalidades de nossos companheiros brancos. Podemos ser acusados de politicamente corretos ou percebidos como raivosos, mal-humorados, combativos e inadequados para crescer em uma empresa. Em minha própria vida, essas penalidades atuaram como uma forma de coerção social. Por tentar evitar os conflitos e querer que gostassem de mim, muitas vezes, optei por silenciar.

De modo oposto, quando recuo em face do racismo, sou premiada com capital social do tipo: ser classificada como divertida, cooperativa, parte da equipe. Perceba que dentro de uma sociedade supremacista branca, sou premiada por não interromper o racismo e punida de várias formas — grandes e pequenas — quando o faço. Posso justificar meu silêncio dizendo a mim mesma que, pelo menos, não sou quem fez a piada e, portanto, não sou eu quem está em falta. Contudo, meu silêncio não é benéfico porque protege e mantém a hierarquia racial e meu lugar em seu interior. Cada piada não interrompida facilita a circulação do racismo pela cultura, e a capacidade de a piada circular depende de minha cumplicidade.

As pessoas de cor certamente fazem a experiência da solidariedade branca como uma forma de racismo, na qual falhamos em manter a confiança no outro, em desafiar o racismo quando o vemos ou em apoiar as pessoas de cor na luta por justiça racial.

OS BONS E VELHOS TEMPOS

Como pessoa branca, posso recordar descaradamente "os bons e velhos tempos". Evocações romantizadas do passado e apelos a um retorno a modos de outrora são uma função do privilégio branco, que se manifesta na habilidade de permanecer esquecido em nossa história racial. Sustentar que o passado era socialmente melhor que o presente é também marca registrada da supremacia branca. Analise qualquer período do passado desde a perspectiva das pessoas de cor: 246 anos de escravização brutal; o estupro de mulheres negras para o prazer dos homens brancos e a produção de mais trabalhadores escravizados; a venda de crianças negras; a tentativa de genocídio dos povos indígenas, leis de remoção dos indígenas e de reservas; servidão contratada, linchamento e tumultos; meação; leis de exclusão de chineses; campos de concentração para os nipo-americanos; leis Jim Crow de segregação forçada; códigos negros; banimentos de negros das funções de jurados; banimento do voto; encarceramento de pessoas para trabalhos forçados; esterilização e experiências médicas; discriminação funcional; discriminação educacional; escolas sem recursos; leis parciais e práticas policiais; prisão em massa; representações racistas na mídia; apagamentos culturais, ataques e zombaria; relatos históricos silenciados e adulterados, e você poderá ver como um passado romantizado é um construto estritamente branco. E é um construto poderoso porque mobiliza um senso profundamente internalizado de superioridade e de prerrogativa e a noção de que todo avanço das pessoas de cor é usurpação desse privilégio.

O passado foi ótimo para os brancos (para os homens brancos em especial) porque suas posições não foram, em nenhuma medida, questionadas. Ao entender o poder da fragilidade branca, é inevitável notar que o mero questionamento dessas posições disparou a fragilidade branca capitalizada por Trump. Não houve perda real de poder para a elite branca, que sempre controlou nossas instituições e continua a fazê-lo com ampla autonomia. Das cinquenta pessoas mais ricas da Terra, 29 são americanas. Dessas 29, todas são brancas e todas são homens, menos duas (Lauren Jobs, que herdou toda a riqueza de seu marido, e Alice Walton, a de seu pai).

Similarmente, a classe operária branca sempre manteve as posições superiores no interior de seu campo (os supervisores, os líderes de equipe e os chefes de polícia e dos bombeiros). E embora a globalização e a erosão dos direitos trabalhistas tenham tido profundo impacto sobre a classe operária branca, a fragilidade branca permitiu à elite branca direcionar o ressentimento da classe operária branca para as pessoas de cor. O ressentimento está claramente mal direcionado, uma vez que as pessoas que controlam a economia e que agiram para concentrar mais riqueza nas mãos de menos mãos (brancas) do que nunca antes na história da humanidade é a elite branca.

Observe esses dados sobre a distribuição da riqueza:

- Desde 2015, o um por cento mais rico possui mais riquezas do que todo o resto do planeta.[11]
- Oito homens são donos da mesma quantidade de riquezas possuída pela metade mais pobre do mundo.
- Os rendimentos dos dez por cento mais pobres da população cresceram menos de três dólares/ano entre 1988 e 2011, enquanto os rendimentos do um por cento mais rico cresceram 182 vezes no mesmo período.
- Na classificação diária da Bloomberg, das quinhentas pessoas mais ricas do mundo, as três mais ricas (Bill Gates, Warren Buffet e Jeff Bezos), três homens americanos brancos, detêm valores totais líquidos de, respectivamente, $85 bilhões, $79 bilhões e $73 bilhões.[12] Só para efeitos de comparação, o produto interno bruto do Sri Lanka, em 2015, foi de $82 bilhões; o de Luxemburgo, $58 bilhões e o da Islândia, $16 bilhões.[13]
- Das dez pessoas mais ricas do mundo, nove são homens brancos.[14]
- Em 2015-2016, as dez maiores empresas do mundo detinham, juntas, uma receita maior do que a soma das receitas oficiais de 180 países combinados.
- Nos Estados Unidos, nos últimos trinta anos, o crescimento dos rendimentos dos cinquenta por cento da base da pirâmide social foi zero, ao passo que os rendimentos do um por cento situado no topo aumentaram cerca de trezentos por cento.

O apelo para Fazer a América Grande de Novo atuou poderosamente a serviço da manipulação racial das pessoas brancas, desviando a culpa da elite branca para várias pessoas de cor — por exemplo, trabalhadores ilegais, imigrantes e chineses — pelas reais condições da classe operária branca.

Os valores romantizados da família "tradicional" no passado também são racialmente problemáticos. As famílias brancas fugiram dos grandes centros urbanos para bairros afastados, a fim de escapar do afluxo das pessoas de cor, num processo que os sociólogos classificam como a *fuga branca*. Elas estabeleceram pactos para manter escolas e bairros segregados e proibiram as relações inter-raciais.

Leve em conta a resistência extrema da parte de pais brancos ao transporte escolar e a outras formas de integração na escola. Na histórica sentença da Suprema Corte, *Brown vs. Conselho de Educação de Topeka*, o tribunal decidiu que separar era inerentemente desigualar e que as escolas tinham de dessegregar "com velocidade deliberada". Transportar crianças de um bairro para uma escola em outro para explicar a segregação racial tornou-se estratégia máxima de dessegregação (crianças brancas, em especial, geralmente não eram matriculadas em escolas predominantemente negras, ao passo que crianças negras encaravam longos trajetos de ônibus para frequentarem escolas predominantemente brancas). Regina Williams, estudante negra de Roxbury, Massachusetts, era transportada para uma escola ao sul de Boston. Ela descreveu seu primeiro dia em uma escola outrora integralmente branca como "uma zona de guerra". Funcionários escolares, políticos, tribunais e a mídia fizeram valer o desejo dos pais brancos, que se opunham esmagadora e veementemente à dessegregação das escolas. Não foram os negros que resistiram aos esforços de integração; foram sempre os brancos.[15] Nossas práticas de vida enquanto coletividade branca raramente estiveram alinhadas com os valores que professamos.

No mínimo, essa idealização do passado é outro exemplo das percepções e experiências brancas posicionadas como universais. Qual o poder dessa nostalgia sobre toda pessoa de cor que tenha consciência da história de seu país? A habilidade de apagar essa história racial e de realmente acreditar que o passado foi melhor que o presente, "para todos", inculcou uma falsa consciência em mim, pessoalmente, como cidadã.

INOCÊNCIA RACIAL BRANCA

Pelo fato de não sermos educados para nos ver em termos raciais ou ver o espaço branco como racializado, nós nos posicionamos como inocentes em termos de raça. Em inúmeras ocasiões, ouvi pessoas brancas afirmarem que, pelo fato de terem crescido segregadas, elas estavam protegidas das questões de raça. Ao mesmo tempo, nós nos voltamos para as pessoas de cor, que também podem ter crescido em espaços racialmente segregados (por conta de décadas de políticas que, *de jure et de facto,* as impediram de se mudar para bairros brancos), para aprendermos sobre racismo. Mas por que pessoas de cor que cresceram segregadas não são inocentes em questões de raça? Peço a meus leitores que reflitam profundamente sobre a ideia de que a segregação branca é racialmente inocente.

Pelo fato de as pessoas de cor não serem vistas como racialmente inocentes, espera-se que elas deem eco a questões de raça (desde que o façam em termos brancos). Essa ideia — de que o racismo não é problema dos brancos — permite-nos nos acomodar e deixar as pessoas de cor correrem todos os riscos reais de invalidação e de retaliação na medida em que compartilham suas experiências. De nós, porém, não se exige que corramos riscos inter-raciais semelhantes. Eles — não nós — têm raça, sendo, portanto, os detentores do conhecimento racial. Assim é que nos situamos como se estivéssemos fora das relações sociais hierárquicas.

A fuga branca pode ser vista como outro aspecto da inocência racial branca, visto que é frequentemente justificada pelas crenças de que as pessoas de cor (de novo: especialmente os negros) são mais inclinadas ao crime e que se "muitos" negros se mudarem para determinado bairro, o crime aumentará, o valor dos imóveis despencará, a vizinhança se deteriorará. Por exemplo, em um estudo sobre raça e percepções do crime conduzido pelos sociólogos Heather Johnson e Thomas Shapiro, famílias brancas debatiam consistentemente o medo do crime e o associavam às pessoas de cor. Em sua cabeça, quanto mais pessoas de cor houvesse na área (especificamente negros e latinos), mais perigosa ela era considerada. Uma pesquisa comparativa dos dados do censo com as estatísticas criminais do departamento de polícia mostra que essa associação não se sustenta, mas que essas estatísticas não abrandam os medos brancos. Para muitas pessoas brancas, a porcentagem de jovens de cor em determinado bairro se relaciona diretamente com as percepções do nível de crime do bairro.[16]

Associações longamente mantidas entre as pessoas negras e o crime distorcem a realidade e a real direção do perigo historicamente existente entre brancos e negros. A vasta história da violência explícita e brutal perpetrada pelos brancos e suas racionalizações ideológicas são todas trivializadas mediante as reivindicações brancas de inocência racial. O poder que agora exercemos e temos exercido por séculos é, diante disso, ocultado.

Está suficientemente documentado que negros e latinos são parados pela polícia mais vezes que os brancos pelas mesmas atividades e que recebem sentenças mais severas do que os brancos pelos mesmos crimes. Pesquisas também comprovaram que a maior razão dessa disparidade racial pode ser atribuída às crenças nutridas pelos juízes e outros sobre a causa do comportamento criminoso.[17] Por exemplo, o comportamento criminoso de adolescentes brancos é frequentemente visto como sendo causado por fatores externos — o jovem provém de uma família monoparental, está passando por tempos difíceis justamente agora, simplesmente estava no lugar errado na hora errada ou foi assediado na escola. Atribuir a causa do ato a fatores externos minimiza a responsabilidade individual e classifica a pessoa como vítima. Já adolescentes negros e latinos não são objeto dessa mesma solidariedade.

Quando jovens negros e latinos são levados diante de um juiz, a causa do crime costuma ser atribuída a algo interno à pessoa — o adolescente é mais naturalmente inclinado ao crime, é mais violento e tem menor capacidade de remorso (de modo semelhante, um estudo de 2016 comprovou que metade de uma amostra de estudantes e residentes de medicina acredita que negros sentem menos dor).[18] Brancos recebem continuamente o benefício da dúvida não garantido às pessoas de cor — basta nossa raça para estabelecer nossa inocência.

Para aqueles de nós que trabalhamos pela ampliação da consciência racial dos brancos, simplesmente levá-los a reconhecer que nossa raça nos traz vantagens é uma grande conquista. A atitude defensiva, a negação e a resistência são profundas. Todavia, reconhecer a vantagem é apenas um primeiro passo, e esse reconhecimento pode ser usado de maneira a torná-la sem sentido e de permitir a nós, os brancos, isentar--nos de maiores responsabilidades. Por exemplo, muitas vezes, ouvi pessoas brancas dizerem desdenhosamente: "Só por causa da cor de minha pele eu tenho privilégio". Afirmativas como essa descrevem o privilégio como se ele fosse puro acaso — algo que simplesmente nos acontece enquanto vamos pela vida, sem nenhum envolvimento ou cumplicidade de nossa parte.

Zeus Leonardo, estudioso crítico de questões raciais, examina o conceito de privilégio branco como algo que os brancos recebem involuntariamente e afirma que tal privilégio quase equivale a dizer que uma pessoa poderia caminhar pela vida com outras pessoas enfiando dinheiro em seus bolsos sem a menor consciência ou assentimento. Leonardo critica esse conceito, que reserva ao privilégio branco um lugar de inocência ao defender que "para a hegemonia racial branca saturar a vida cotidiana, ela foi assegurada por um processo de dominação, ou pelos atos, decisões e políticas que os sujeitos brancos perpetram sobre as pessoas de cor".[19] Encarar o privilégio como algo que as pessoas brancas simplesmente recebem oculta as dimensões sistemáticas do racismo, que deve ser ativa e passivamente, consciente e inconscientemente, mantido.

Imaginar que as pessoas de cor têm de ensinar as pessoas brancas sobre racismo é outro aspecto da inocência racial que reforça várias posições raciais problemáticas. Primeiro, por implicar que o racismo é algo que acontece com pessoas de cor, sem nada a ver conosco e que nós, por consequência, não temos por que ter algum conhecimento sobre ele. Essa estrutura nega que o racismo seja uma relação pela qual ambos os grupos têm responsabilidade. Ao relegar às pessoas de cor o enfrentamento das questões raciais, nos desviamos das tensões e dos riscos sociais de falar abertamente sobre elas. Desse modo, podemos ignorar os riscos e permanecer em silêncio diante de questões cuja culpabilidade recai sobre nós.

Segundo, porque essa solicitação não exige nada de nós e consolida as relações desiguais de poder ao pedir às pessoas de cor que façam nosso trabalho. Há várias fontes disponíveis sobre o assunto produzidas por pessoas de cor que desejam compartilhar a informação; por que, então, não as encontramos antes de ter essa conserva?

Terceiro, a solicitação ignora as dimensões históricas das relações raciais. Ela desconsidera quantas vezes as pessoas de cor realmente tentaram nos dizer o que é o racismo para elas e o quão frequentemente foram ignoradas. Pedir às pessoas de cor que nos contem como elas vivem a experiência do racismo sem antes construirmos uma relação de confiança, sem estarmos disponíveis a encontrá-las na metade do caminho ao sermos também vulneráveis, mostra que não temos consciência racial e que esse intercâmbio provavelmente seria inválido para elas.

VIDAS SEGREGADAS

Em 1965, durante um programa de entrevistas, James Baldwin respondeu apaixonadamente à afirmação de um professor de Yale de que ele sempre se concentrava na questão da cor:

> Não sei se os cristãos brancos odeiam os negros ou não; sei que temos uma igreja cristã branca e outra, negra. Sei que a hora de maior segregação na vida americana é o meio-dia do domingo [...]. Não sei se os sindicatos e seus dirigentes realmente me odeiam [...], mas sei que não estou em seus sindicatos. Não sei se o *lobby* imobiliário é contra as pessoas negras, mas sei que os lobistas imobiliários me mantêm no gueto. Não sei se o Conselho Educacional odeia o povo negro, mas conheço os livros didáticos que eles dão para meus filhos lerem e as escolas que temos de frequentar. Essas são as provas. Você quer que eu faça um ato de fé arriscando [...] minha vida [...] por certo idealismo que você me assegura existir nos Estados Unidos, mas que nunca vi.[20]

A vida é profundamente formatada pela segregação racial. De todos os grupos raciais, os brancos são os mais propensos a optarem pela segregação e são o grupo mais capaz de alcançar uma posição socioeconômica que lhes permita fazer isso.[21] Crescer em meio à segregação (nossas escolas, locais de trabalho, bairros, áreas comerciais, lugares de culto, entretenimento, reuniões sociais etc., etc.) solidifica a mensagem de que nossas experiências e perspectivas são as únicas que importam. Não vemos pessoas de cor ao nosso redor, e poucos adultos, para não dizer nenhum, reconhecem essa carência de diversidade racial como um problema. Realmente, a classificação dos bairros bons e ruins parte sempre do critério de raça. Essas afirmações também podem se basear em divisões econômicas entre os brancos, mas se estudantes negros e latinos frequentam determinada escola em quantidade significativa (significativa para a cabeça dos brancos), os brancos perceberão a escola como ruim. Se *há* pessoas de cor ao nosso redor, raramente somos encorajados a investir em amizades inter-raciais.

A segregação é sempre minimizada quando se trata de brancos pobres urbanos, que podem morar perto e ter amizade com pessoas de cor em nível local porque a pobreza branca produz proximidade com as pessoas de cor de um modo que a vida de classe média não faz (exceto no caso da gentrificação, quando a mistura populacional é provisória). Brancos urbanos provenientes das classes inferiores podem ter vidas mais integradas no micronível, mas ainda recebemos a mensagem de que sucesso é se mudar dos bairros e das escolas que lançam luz sobre nossa pobreza. A mobilidade ascendente é o grande objetivo de classe, e o meio social se torna tangivelmente mais branco quanto mais alto você sobe. Meios mais brancos, por sua vez, são vistos como os mais desejáveis.

Para brancos em ascensão social a partir das classes mais baixas, atingir lugares sociais mais valiosos geralmente significa deixar amigos e vizinhos de cor para trás. Por exemplo, eu cresci como pessoa urbana pobre e vivi em conjuntos habitacionais em bairros populosos tipicamente de aluguel. Em minha infância, havia muitas pessoas de cor ao meu redor. Contudo, eu sabia que, para poder melhorar de vida, não poderia ficar nesses bairros. A mobilidade ascendente me levaria a espaços mais brancos, e foi o que aconteceu. Não mantive aquelas relações iniciais com pessoas de cor; nenhuma entre as pessoas que me orientaram me aconselhou a fazê-lo. A segregação ainda atuava em minha vida num nível social mais amplo: ela ditou o que eu aprenderia na escola, leria nos livros, veria na TV e aprenderia a valorizar se quisesse melhorar de vida.

A meritocracia é uma ideologia valorizadíssima, mas tanto os bairros quanto as escolas são comprovadamente desiguais; são separados e díspares. Alíquotas de impostos, recursos escolares, currículos, livros didáticos, acesso a atividades extraescolares e a qualificação do corpo docente diferem enormemente entre as delegacias de ensino. Quem não sabe que as escolas são substancialmente desiguais? Sem o envolvimento dos brancos ou sem o esforço investido em mudar um sistema que lhes serve em detrimento dos outros, a vantagem é passada de geração a geração. Em vez de mudar essas condições para que a educação pública seja igual para todos, nós permitimos aos filhos dos demais encararem condições que seriam inaceitáveis para os nossos.

Um estudo de 2009, publicado no *American Journal of Education*, demonstrou que, embora os pais de classe média alta, majoritariamente brancos, digam selecionar escolas com base nos resultados de suas avaliações, o perfil racial de uma escola realmente desempenha um papel maior em suas decisões escolares. Amy Stuart Wells, professora de sociologia e educação na Faculdade de Educação da Universidade Columbia, descobriu a mesma linguagem codificada quanto estudou a maneira de os pais brancos escolherem escolas na cidade de Nova York. Ela escreve: "Em uma era pós-racial, não temos de dizer que é por causa da raça ou da cor das crianças no prédio [...]. Podemos concentrar pobreza e crianças de cor e, então, não conseguir prover recursos para apoiar e manter essas escolas, e depois podemos olhar para uma escola cheia de crianças negras e dizer: 'Oh! Olhem para os resultados delas nos testes oficiais'. Tudo é muito ordenado no sistema todo".[22] Com certeza, vocês já devem ter visto discussões sobre escolas e bairros nesses termos e sabem que essa conversa é racialmente codificada; "urbano" e "baixos índices de aprovação" são o código para "não branco", logo, para menos desejável.

Embora muitos brancos considerem os espaços habitados por mais do que umas poucas pessoas de cor mais indesejáveis e até perigosos, leve em conta outra perspectiva. Ouvi muitas pessoas de cor descreverem como foi dolorosa a experiência de serem elas as poucas pessoas não brancas em suas escolas e bairros. Apesar de muitos pais de cor quererem as vantagens garantidas pela frequência a escolas predominantemente brancas, eles também se preocupam com o estresse e até mesmo com o perigo que correm ao matricular seus filhos ali. Entendem que a força do ensino predominantemente branco tem pouco, ou nenhum, conhecimento autêntico sobre crianças de cor e foi socializado (quase sempre inconscientemente) para ver crianças de cor como inferiores e até temíveis. Pense em quanto as escolas brancas, mesmo tão valiosas para pais brancos, podem parecer inseguras para pais de cor.

A mensagem de segregação racial mais profunda pode ser a ausência de pessoas de cor em nossas vidas não ser tida como uma perda real. Nenhuma pessoa que me tenha amado, orientado ou ensinado chegou a me transmitir que a segregação me privasse de algo valioso. Eu poderia viver minha vida inteira sem uma pessoa amiga ou amada que fosse de cor, sem ver essa ausência como um rebaixamento de minha vida. De fato, minha trajetória quase certamente me asseguraria ter poucas, senão nenhuma, pessoa de cor em minha vida. Eu teria a oportunidade de encontrar algumas poucas pessoas de cor se praticasse algum esporte na escola, ou se houvesse uma ou duas pessoas de cor em minha turma, mas, quando estivesse fora daquele contexto, eu não teria nenhuma proximidade com pessoas de cor, muito menos relações autênticas. A maioria dos brancos que se recorda de ter tido um amigo de cor na infância raramente mantém essa amizade na idade adulta. Ainda assim, se meus pais achassem que fosse valioso ter relacionamentos inter-raciais, eles se certificariam de que eu os tivesse, mesmo se fosse necessário fazer algum esforço — o mesmo esforço que muitos pais brancos fazem para mandar seus filhos ao outro extremo da cidade para frequentarem uma escola melhor (e mais branca).

Pare por um momento e leve em consideração a profundidade desta mensagem: aprendemos que não perdemos nada valioso com a segregação racial. Pense na mensagem que transmitimos a nossos filhos — assim como aos filhos das pessoas de cor — quando descrevemos a segregação racial como boa.

Em síntese, nossa socialização produz um conjunto comum de padrões raciais. Tais padrões são o alicerce da fragilidade branca:

- Adesão à segregação racial e falta de senso de perda diante dela.
- Falta de compreensão do que é o racismo.

- Ver-nos a nós mesmos como indivíduos imunes às forças de socialização racial.
- Fracasso em entender o que a história de nosso grupo nos traz e que a história importa.
- Pensar que todas as outras pessoas têm ou podem vir a ter nossa experiência.
- Falta de humildade racial e indisponibilidade para a escuta.
- Rejeição do que não entendemos.
- Ausência de interesse autêntico nas perspectivas das pessoas de cor.
- Vontade de pular o trabalho difícil, pessoal, para chegar às "soluções".
- Confundir desacordo com desentendimento.
- Necessidade de manter a solidariedade branca, de salvar as aparências, de aparecer bem na fita.
- Culpa que paralisa ou promove a inação.
- Atitude defensiva diante da menor sugestão de que estamos ligados ao racismo.
- Foco na intenção, não no impacto.

Meu desenvolvimento psicossocial se deu em uma cultura supremacista branca, que me situa no grupo superior. Ensinar-me a tratar a todos como iguais não é suficiente para anular essa socialização; nem humanamente possível. Fui criada numa sociedade que me ensinou não haver perda nenhuma na ausência de pessoas de cor — que sua ausência era algo bom e desejável, algo a ser buscado e mantido —, ao mesmo tempo que negava esse fato. Essa atitude moldou cada aspecto de minha autoidentidade: meus interesses e afetos; aquilo com que me importo, ou não; o que vejo, ou não; o que me atrai; o que me provoca repulsa; o que posso considerar meu direito; onde posso ir; como os outros respondem a mim e o que posso deixar de lado. A maioria de nós não escolheria ser socializada na perspectiva do racismo e da supremacia branca. Infelizmente, não tivemos escolha. Embora varie a forma como essas mensagens são transmitidas e o modo como as internalizamos, nada poderia ter nos eximido delas completamente. Agora, cabe-nos a responsabilidade de enfrentar como essa socialização se manifesta em nosso cotidiano, como molda nossas respostas quando é interpelada.

CAPÍTULO 5

O BINÁRIO BOM/MAU

Ele não é racista. Na verdade, ele é uma pessoa muito boa.

ESTE CAPÍTULO EXPLORA AQUELA QUE TALVEZ SEJA A MAIS efetiva adaptação do racismo na história recente: o binário bom/mau.[1] Antes do movimento pelos direitos civis, era socialmente aceitável as pessoas brancas proclamarem abertamente sua crença na própria superioridade racial. Contudo, quando viram a violência que os negros — incluindo mulheres e crianças — enfrentavam durante os protestos pelos direitos civis, os brancos do norte ficaram aterrorizados. Tais imagens se tornaram os arquétipos dos racistas. No pós-movimento pelos direitos civis, ser uma pessoa boa, de moral elevada e ser cúmplice do racismo tornaram-se atitudes mutuamente excludentes. Você não pode ser uma boa pessoa e pactuar com o racismo; só pessoas más eram racistas. (As imagens da perseguição aos negros no sul do país durante o movimento pelos direitos civis nos anos 1960 também permitiram aos brancos do norte classificar os sulistas sempre como os racistas.)

Para realizar essa adaptação, o racismo teve de ser, primeiro, reduzido a atos de preconceito simples, isolados e extremos. Esses atos tinham de ser intencionais, maliciosos e baseados em aversão consciente provocada pela raça. Racistas eram os brancos do sul, sorridentes e fazendo piqueniques ao pé de árvores utilizadas para linchamento; os comerciantes que postavam placas de "Só para brancos" em bebedouros públicos; e bons moços sulistas espancando crianças inocentes, como Emmett Till*, até a morte. Em outras palavras, os racistas eram brancos sulistas maus, ignorantes, ultrapassados, mal-educados. Cidadãos de bem, pessoas bem-intencionadas, classe média de mente aberta, pessoas criadas no "Norte esclarecido" não podiam ser racistas.

RACISTAS = MAUS	**NÃO RACISTAS = BONS**
Ignorantes	Progressistas
Intolerantes	Instruídos
Preconceituosos	Abertos
Mesquinhos	Bem-intencionados
Ultrapassados	Modernos
Sulistas	Nortistas

Embora transformar o racismo em algo mau possa parecer uma mudança positiva, precisamos ver como isso funciona na prática. Dentro desse paradigma, sugerir que sou racista é provocar um profundo golpe moral — uma espécie de assassinato do caráter. Se eu me tornar alvo desse golpe, tenho a obrigação de defender meu caráter, e é nisso que se esgotará toda a minha energia — escapar desse peso, em vez de refletir sobre meu comportamento. Dessa forma, o binário bom/mau torna quase impossível falar com pessoas brancas sobre racismo, ou seja, sobre como ele molda a todos nós e sobre os modos inescapáveis com que somos condicionados a participar dele. Se não podemos discutir essas dinâmicas ou nos ver em seu interior, não podemos parar de participar do racismo. O binário bom/mau tornou verdadeiramente impossível a pessoa branca média entender o racismo — muito menos romper com ele.

Como diz o estudioso e cineasta negro Omowale Akintunde: "O racismo é um fenômeno epistemologicamente entranhado, sistêmico, social, institucional, onipresente, que permeia cada vestígio de nossa

* Emmett Till foi um garoto negro que acabou sendo espancado e morto aos catorze anos, em Money, Mississípi, em 1955, por supostamente ter assobiado para uma mulher branca. Em 2007, a mulher, Carolyn Bryant, confessou que era mentira. (N. E.)

realidade. Contudo, para a maioria dos brancos, o racismo é como um homicídio: o conceito existe, mas alguém tem de cometê-lo para que ele aconteça. Essa visão limitada de uma síndrome com tantas camadas cultiva a natureza sinistra do racismo e, de fato, mais perpetua que erradica os fenômenos racistas".[2]

A estrutura bom/mau é uma falsa dicotomia. Todas as pessoas têm preconceitos, especialmente em termos de fronteiras raciais em uma sociedade segmentada por raça. Meus pais podem me dizer que todos somos iguais, posso ter amigos de cor e não contar piadas racistas. Mesmo assim, ainda sou afetada pelas forças racistas enquanto parte de uma sociedade cujo alicerce é o racismo. Ainda serei vista como branca, tratada como branca e terei a experiência de vida de uma pessoa branca. Minha identidade, personalidade, interesses e afetos se desenvolverão a partir de uma perspectiva branca. Terei uma visão de mundo branca e um quadro de referência branco. Em uma sociedade na qual claramente importa, nossa raça nos molda profundamente. Se quisermos desafiar esse construto, temos de fazer um balanço honesto de como ele se manifesta em nossas próprias vidas e na sociedade a nosso redor.

Embora ocorram atos individuais racistas, eles fazem parte de um sistema mais amplo de dinâmicas entrelaçadas. Manter o foco em incidências individuais mascara a análise pessoal, interpessoal, cultural, histórica e estrutural que é necessária para contestar o sistema mais amplo. A ideia simplista de que o racismo está limitado a atos individuais intencionais cometidos por pessoas rudes está virtualmente na base de toda a atitude defensiva nesse tópico. Para ir além da atitude defensiva, temos de abandonar essa crença comum.

O binário bom/mau com certeza oculta a natureza estrutural do racismo e nos dificulta ver ou entender. Igualmente problemático é o impacto de uma visão de mundo dessas sobre nossas ações. Se, como uma pessoa branca, classifico o racismo como um binário e me situo no lado "não racista", que ação posterior se exige de mim? Nenhuma, porque não sou racista. Logo, o racismo não é problema meu; ele não me diz respeito e não há nada que eu precise fazer além disso. Essa visão de mundo garante que não construirei competências para pensar criticamente o racismo ou usarei minha situação para desafiar a desigualdade racial.

O binário bom/mau entra em ação praticamente todo dia em meu trabalho como consultora em questões de justiça racial. Minha função é ajudar indivíduos e organizações a verem como o racismo se manifesta em suas práticas e resultados. Sou geralmente bem recebida quando falo em termos gerais — por exemplo: "Sua exigência de que os candidatos tenham formação avançada em vez de uma experiência equivalente automaticamente desqualifica alguns dos candidatos que podem contribuir com as perspectivas e experiências que você está buscando". Contudo, quando mostro um momento concreto na sala no qual o racismo de alguém se manifesta, a fragilidade branca emerge.

Por exemplo, eu estava trabalhando com um grupo de educadores que vinha se encontrando regularmente havia, pelo menos, oito sessões. O grupo se compunha de equipes promotoras de igualdade em uma rede escolar pública, autosselecionadas por pessoas que apoiavam os esforços pela igualdade em suas escolas. Eu tinha acabado de fazer uma exposição de uma hora intitulada "Ver a água: a branquitude na vida cotidiana". Essa apresentação fora pensada para dar visibilidade às incessantes mensagens de superioridade branca e à consequente e inevitável internalização dessas mensagens por parte das pessoas brancas. A sala toda parecia estar me acompanhando aberta e receptiva, com muitos assentimentos manifestados pelo balançar das cabeças. Foi quando uma professora branca ergueu a mão e contou a história de uma interação que tivera ao passar de carro por um grupo de pais protestando contra o baixo aproveitamento escolar na escola na qual ela ensinava. Então, ela começou a imitar uma mãe em particular, que a ofendera. "Você não entende nossos filhos!", essa mãe gritara enquanto ela passava de carro. Pelo jeito estereotipado com que a professora branca imitou a mãe, todos nós vimos: tratava-se de uma negra. A sala toda pareceu prender a respiração diante daquela imitação raiando ao escárnio racial. Apesar de a conclusão da professora, depois de refletir, ter sido dar razão à mãe — ela realmente não entendia crianças de cor —, a pressão emocional do relato estava em sua ofensa à mãe que fizera essa afirmação. Para a sala, o impacto emocional estava na imitação estereotipada de uma mãe negra furiosa.

Quando o relato acabou, eu precisava tomar uma decisão. Será que eu deveria agir com integridade e ressaltar o que havia de racialmente problemático naquela história? Afinal de contas, dar visibilidade ao racismo era o que eu fora literalmente contratada para fazer. Além disso, vários professores negros na sala certamente tinham percebido o fortalecimento de um estereótipo racista. Não intervir seria, mais uma vez, outra pessoa branca decidindo proteger sentimentos brancos em vez de contestar o racismo — uma pessoa branca ganhando para ser consultora em justiça racial, nada menos! E eu ainda teria de enfrentar o risco de perder o grupo, dada a probabilidade de a mulher entrar na defensiva e se fechar, e a sala se dividir entre quem achasse que eu a teria destratado e aqueles que não. Decidi fazer aquilo que preservaria minha integridade moral e profissional e agir como modelo para as outras pessoas brancas.

Tão diplomaticamente quanto possível, falei: "Vejo que você teve um grande ganho com essa interação e lhe agradeço por compartilhá-la conosco. E vou lhe pedir para pensar em não contar essa história do mesmo jeito da próxima vez".

Quando ela instantaneamente começou a protestar, eu a impedi de continuar. "Estou lhe oferecendo um momento de aprendizado", eu disse, "estou apenas lhe pedindo que tente se abrir para ouvir". Então, mostrei o que havia de racialmente problemático no modo como ela fizera seu relato e lhe apresentei uma maneira de compartilhar seu aprendizado sem reforçar estereótipos racistas, visto que a mesma história poderia ser facilmente contada e as mesmas conclusões serem extraídas dela sem aquela imitação da mãe, tão racialmente carregada.

Ela me interrompeu com agressividade várias vezes, mas no fim pareceu estar escutando. Logo depois dessa intervenção, fizemos uma pausa. Vários professores negros vieram me agradecer, assim como um professor branco, que tinha considerado minha intervenção um exemplo necessário de como quebrar a solidariedade branca. Várias pessoas brancas também se aproximaram para me dizer que a professora estava muito irritada e iria deixar o grupo.

Assim é o poder do binário bom/mau, assim ele dá forma à fragilidade branca. Até mesmo uma pessoa branca, participante de um grupo promotor da igualdade, presente a uma aula baseada na premissa de que o racismo é estrutural em nossa sociedade e que a cumplicidade branca é um resultado inevitável disso poderia não arcar com o fato de seu racismo ter se manifestado despropositadamente.

Se você é branco e nunca foi desafiado a encarar seu próprio racismo — talvez tenha contado uma piada problemática ou feito uma afirmativa preconceituosa e alguém a tenha trazido à tona —, é comum partir para a defensiva. Se acreditar que estão lhe dizendo que você é má pessoa, toda a sua energia tenderá a ser investida na negação dessa possibilidade e na invalidação do mensageiro, em vez de na tentativa de entender por que o que você disse ou fez seja nocivo. Você provavelmente reagirá recorrendo à fragilidade branca. Infelizmente, porém, ela não faz mais do que proteger o comportamento problemático pelo qual você se sente tão ofendido; a fragilidade branca jamais comprova ser você uma pessoa aberta sem um comportamento racial problemático.

O paradigma dominante do racismo como atos discretos, individuais, intencionais e maliciosos inviabiliza aos brancos reconhecerem qualquer uma de suas ações como racismo. Por exemplo, geralmente leio sobre um funcionário público, um professor ou outro servidor público exprimindo afirmativas racistas de maneira chocante e ainda insistindo não ser racista. Os leitores podem se recordar de uma funcionária de um condado na Virgínia Ocidental — Pamela Ramsey Taylor —, que ocupava o alto cargo de diretora de desenvolvimento do condado e foi suspensa depois de postar observações racistas sobre a primeira-dama Michelle Obama ("Vai ser tão renovador ter uma primeira-dama classuda, bonita e digna na Casa Branca! Estou cansada de ver uma macaca de salto"). A prefeita da cidade respondeu: "Você me fez ganhar o dia, Pam". A resposta de Taylor à comoção resultante foi: "Meu comentário não pretendia ser racista de maneira alguma. Eu me referia a ganhar o dia diante da mudança na Casa Branca! Sinto muitíssimo por algum ressentimento que ele possa ter provocado. Todos os que me conhecem sabem que não sou racista em nenhuma circunstância!". Apesar de Taylor ter sido suspensa (para, no fim, recuperar seu emprego), continuo a me perguntar: o que realmente configura racismo na cabeça dos brancos?

Quando falo com pessoas brancas sobre racismo, ouço as mesmas posições — embasadas no binário bom/mau — expressas implacavelmente. Organizo essas posições em duas categorias gerais, ambas sempre rotulando as pessoas de boas e, consequentemente, não racistas. O primeiro conjunto se vincula ao daltonismo: "Eu não vejo cor [*e/ou* raça não tem sentido para mim]; logo, sou imune ao racismo". O segundo conjunto afirma valorizar a diversidade: "Conheço pessoas de cor [*e/ou* tenho proximidade com pessoas de cor, *e/ou* tenho simpatia por pessoas de cor]; portanto, estou livre do racismo". Ambas as categorias repousam fundamentalmente no binário bom/mau. Embora eu organize essas narrativas em duas categorias gerais, elas podem ser, e o são frequentemente, usadas como equivalentes. Elas não precisam fazer sentido; necessitam apenas situar o falante como boa pessoa — imune ao racismo — e fim da discussão.

Afirmativas daltônicas insistem: pessoas não veem cor, ou, se veem, cor não faz sentido para elas. Afirmativas daltônicas incluem o seguinte:

- Fui ensinado a tratar todas as pessoas igualmente.
- Não vejo cor.
- Não me interessa se você é rosa, roxo ou de bolinhas.
- Raça não tem o menor sentido para mim.
- Meus pais eram/não eram racistas, então é por isso que não sou racista.
- Todo mundo luta, mas se você trabalhar duro...
- Calhou de fulano simplesmente ter nascido negro, mas isso não tem a ver com o que eu vou lhe dizer sobre ele.
- Concentrar-nos em raça é o que nos divide.
- Se as pessoas me respeitarem, eu as respeitarei independentemente de raça.
- Estavam de marcação comigo porque eu era branco / Cresci pobre (logo, não tenho privilégio de raça).

Chamo o segundo conjunto de *celebratório da cor*. Ele sustenta que a pessoa vê e adere à diferença racial. Afirmações exaltadoras da cor incluem posições como as seguintes:

- Trabalho em um ambiente bastante diverso.
- Tenho pessoas de cor em minha família/casadas com uma pessoa de cor/pais de filhos de cor.
- Prestei o serviço militar.
- Não gostamos de viver em bairros exclusivamente brancos como o nosso, mas foi preciso nos mudar para cá por causa das escolas.
- Participei do Corpo da Paz.
- Participei das marchas nos anos 1960.
- Adotei uma criança chinesa.
- Nossos netos são multirraciais.
- Estive em missão na África.
- Frequentei uma escola muito diversa/vivi em um bairro muito diverso.
- Morei no Japão, onde era minoria, então eu sei o que é ser minoria.
- Vivi entre os [*preencha a lacuna*]. Portanto, sou na verdade uma pessoa de cor.
- Minha bisavó era uma princesa indígena.

Em meu trabalho de desemaranhar a dinâmica do racismo, descobri uma pergunta que nunca me desaponta. A pergunta *não* é "essa afirmativa é verdadeira ou falsa?"; nunca chegaremos a acordo algum numa questão que estabeleça uma dicotomia ou/ou a respeito de algo tão sensível como o racismo. Em vez disso, pergunto: "Como essa afirmativa funciona na conversa?". Se aplicarmos essa pergunta aos dois conjuntos de narrativas, um daltônico e o outro celebratório da cor, veremos que todas essas posições funcionam, em última instância, de modo semelhante. Todas elas isentam a pessoa de qualquer responsabilidade ou participação no problema. Elas tiram a raça de cena e fecham (no lugar de abrir) a possibilidade de qualquer outra exploração. Ao fazer isso, elas protegem o *status quo* racial.

Essas postulações raciais tipicamente brancas dependem de uma estrutura de sentido subjacente. Identificar essa estrutura pode nos ajudar a entender como atuamos para enunciar essas afirmativas no contexto de segregação extrema e de desigualdade racial.

Imagine um píer avançando sobre a água. Visto de cima, ele parece simplesmente flutuar ali. O topo do píer — a parte que podemos ver — significa a face visível dessas alegações. Todavia, embora pareça flutuar livremente, o píer não está realmente flutuando. Ele tem como arrimo uma estrutura submersa na água. O píer se alicerça em colunas encaixadas no solo oceânico. Da mesma maneira como um píer se assenta em pilares submersos que não são imediatamente visíveis, as crenças que apoiam nossas asserções raciais estão escondidas de nossa visão. Para derrubar o píer, precisamos ter acesso aos pilares e desencavá-los.

Todas as afirmativas acima são feitas para fornecer provas da distância que o interlocutor mantém do racismo. Por exemplo, em uma conversa sobre racismo, quando pessoas brancas dizem trabalhar em um ambiente diverso ou que têm pessoas de cor em suas famílias, elas estão me dando provas de que não são racistas. Se essa é a prova que têm para dar, qual é a sua definição de racismo? Em outros termos, que sistema subjacente de sentido as leva a fazer essa afirmativa? Se trabalhar junto a pessoas de cor é a prova que as distingue de um racista, então evidentemente um racista não pode trabalhar junto a pessoas de cor. Essa alegação baseia-se em uma definição de racismo como *intolerância consciente*: um racista é alguém que pretensamente não consegue tolerar nem ao menos ver uma pessoa de cor. De acordo com essa lógica, pelo fato de eles conhecerem ou trabalharem com pessoas de cor, ou terem vivido em Nova York, onde viram pessoas de cor por todos os lados, e terem falado ou sorrido para pessoas de cor, não podem pactuar com o racismo. Quando vamos abaixo da superfície dessas afirmativas, conseguimos ver sua superficialidade, pois até mesmo um nacionalista branco confesso marchando abertamente pelas ruas bradando "sangue e solo" pode interagir com pessoas de cor, e muito provavelmente o faz. Na realidade, vi na televisão jornalistas negros entrevistando supremacistas brancos notórios e confessos, ambas as partes se comportando calma e respeitosamente.

Alguém que declara ter aprendido a tratar todos igualmente está simplesmente me dizendo que não entende nada de socialização. É impossível ensinar alguém a tratar a todos do mesmo modo. Podem até nos dizer, e frequentemente nos dizem, para tratar a todos igualmente, mas não conseguimos aprender a fazer isso com sucesso porque os seres humanos não são objetivos. Além disso, não *vamos querer* tratar a todos igualmente porque as pessoas têm necessidades diferentes e distintas relações conosco. Tratamento diferente em si mesmo não é o problema. Por exemplo, eu não daria um texto numa fonte corpo 12 a uma pessoa com baixa visão, mesmo que outras pessoas não fossem ter dificuldade em lê-lo. O problema é a desinformação que circula ao nosso redor e faz com que nossa diferença de tratamento seja iníqua.

A resposta que, repetidas vezes, obtive das pessoas de cor é: quando elas ouvem uma pessoa branca declarando que aprenderam a tratar a todos da mesma maneira, elas não ficam pensando: "Tudo bem! Agora estou falando com uma pessoa branca consciente!". É exatamente o contrário. Alguma versão da reação passivo-agressiva está acontecendo como sinal de que elas estão classificando a pessoa branca como inconsciente e de que se dispõem a mais um contato baseado na negação branca e na invalidação.

Culturalmente, não afirmamos que os papéis e o condicionamento de gênero desaparecem no momento em que começamos a amar alguém do gênero "oposto". Identifico-me como mulher e sou casada com alguém que se identifica como homem e, mesmo assim, jamais diríamos: "Pelo fato de eu ser casada com um homem, tenho uma vida isenta de gênero". Entendemos que o gênero é um construto social muito profundo, que temos diferentes experiências, a depender de nossos papéis, tarefas e expressões de gênero e que lutaremos com essas diferenças por toda a duração de nosso relacionamento. Mesmo quando o tópico é raça, afirmamos que ele é completamente inoperante se não houver nenhum nível de consideração empática. Em uma versão ainda mais caricata da realidade, podemos chegar ao ponto de afirmar que o condicionamento racial desaparecerá quando pudermos caminhar calmamente ao lado de pessoas de cor pelas ruas das grandes cidades.

Embora a consequência de um racista não poder tolerar conhecer, trabalhar ou caminhar entre pessoas de cor seja, antes de tudo, ridícula, o triste fato é que muitos brancos não têm absolutamente nenhuma amizade inter-racial. Talvez seja por isso que nos baseamos em uma prova tão esquálida para nos classificar como livres do racismo. Mas até mesmo aqueles que mantêm amizades inter-raciais e as usam como prova de sua distância do racismo ainda invocarão o binário de racista = mau/não racista = bom. Eles verão sua amizade como comprovação de que se situam no lado não racista do binário. Embora amizades inter-raciais não bloqueiem nossa dinâmica de racismo na sociedade como um todo e tais dinâmicas sigam poderosas. A pessoa branca ainda receberá o privilégio branco não designado a um amigo de cor, mesmo quando eles dois estejam simultaneamente engajados na mesma atividade. Nem essas amizades bloqueiam todas as mensagens que internalizamos e que são reforçadas pela sociedade. De fato, o racismo também se manifesta invariavelmente no interior de amizades inter-raciais. O racismo não pode estar ausente de sua amizade. Nenhuma pessoa de cor com a qual me encontrei disse que o racismo não está em ação em suas amizades com pessoas brancas. Alguns brancos são mais atentos, conscientes e receptivos a avaliações que outros, mas nenhuma relação inter-racial está livre das dinâmicas do racismo nessa sociedade.

Muitos brancos acreditam que, pelo fato de não falarem sobre racismo com seus amigos de cor ou de seus amigos não lhes darem *feedback* sobre racismo, então o racismo é uma não questão. Contudo, o fato de você e seu amigo não falarem sobre racismo não significa que ele não esteja em ação. De fato, esse silêncio é um dos modos de o racismo estar manifesto, por se tratar de um silêncio imposto. Muitas pessoas de cor me disseram terem inicialmente tentado falar sobre racismo com seus amigos brancos, mas que eles correram para a defensiva ou invalidaram as experiências delas; então, pararam de compartilhar experiências. Se o racismo não é um tópico de discussão entre uma pessoa branca e outra de cor que sejam amigas, essa falta de diálogo pode indicar carência de confiança inter-racial.

O binário bom/mau é poderoso e resistente. A seguir, apresento contranarrativas a algumas de suas asserções mais populares.

Percebam como cada uma dessas alegações rotula as pessoas que as exprimem de não racistas, consequentemente, isentando-as de posterior envolvimento ou responsabilização.

"FUI ENSINADO A TRATAR TODO MUNDO COMO IGUAL"

Como explicado acima, ninguém pode aprender a tratar os outros igualmente, porque os humanos não podem ser cem por cento objetivos. Por exemplo, eu poderia lhe fazer uma preleção de horas dizendo que não é correto julgar, que ninguém gosta de ser julgado — "Você não gostaria de ser julgado, gostaria?" —, e assim por diante. Ao final da palestra, você ainda continuaria a julgar, porque é impossível não o fazer. Você pode tentar examinar seus julgamentos, sustentá-los de maneira mais leve, e coisas do tipo, mas estar livre de julgamento? Impossível. Nem podemos tratar a todos equanimemente. Sem dúvida, a pessoa que declara tratar a todos do mesmo modo está afirmando um valor que ela mantém, mas sua afirmativa bloqueia qualquer reflexão suplementar. Uma vez que entendamos o poder da tendência implícita, por exemplo, veremos que devemos aprofundar, e não bloquear, a reflexão. Embora a reflexão mais profunda não vá nos livrar do tratamento inconsciente desigual dos outros, ela nos aproximará mais do que uma negação absoluta.

"PARTICIPEI DAS MARCHAS NOS ANOS 1960"

A pessoa que me conta ter marchado nos anos 1960 — assim como aquelas que me dizem conhecer pessoas de cor — está me dizendo que vê o racismo como simples questão de intolerância racial (algo que claramente ela não tem, ou então não poderia ter tolerado marchar ao lado de pessoas negras durante o movimento pelos direitos civis). Ela também está me dizendo acreditar ser o racismo descomplicado e imutável. Mesmo nos anos 1960, pensávamos raça segundo uma perspectiva biológica. Usávamos termos como *oriental* e *escuro*. Não obstante, à luz de uma ação praticada há quase sessenta anos, ela vê seu aprendizado racial como definitivamente completo. Sua ação lhe dá o atestado de imune ao racismo, sem que se exijam mais discussões ou reflexões. Também se assume que nada de racismo — nem mesmo inconscientemente — foi perpetrado contra os negros por brancos bem-intencionados durante o movimento pelos direitos civis, mesmo que o testemunho de ativistas pelos direitos civis dos negros afirme outra coisa. Quantos brancos que marcharam nos anos 1960 tinham relações inter-raciais autênticas com os negros?

Certamente também havia (assim como ainda há) segregação racial em muitas regiões do país, talvez não tão explicitamente praticada, mas implicitamente, sim, numa infinidade de maneiras. Talvez muitos desses brancos interessados em salvar negros esboçassem atitudes arrogantes ou condescendentes? Será que muitos deles não terão dominado as discussões, se negado a escutar os outros e assumido saber o que era melhor? Disseram muitas coisas racialmente problemáticas que os negros tiveram de suportar? Se eu tivesse idade suficiente, provavelmente teria marchado nos anos 1960 e, mesmo assim, tanto quanto nos anos 1990, estaria dizendo e fazendo coisas racialmente problemáticas. Embora eu as faça menos frequente e descaradamente hoje, ainda as faço. Em suma, alguém alegando que não é racista por ter marchado nos anos 1960 baseia-se na definição simplista do racismo como intolerância consciente às pessoas negras.

"EU ERA MINORIA EM MINHA ESCOLA, LOGO EU É QUE SOFRI RACISMO"

Embora todas as pessoas de todas as raças tenham preconceitos e possam discriminar alguém de outra raça, em todas as nações brancas colonizadoras ou de origem colonial, só as pessoas brancas estão em posição de oprimir as pessoas de cor coletivamente e no todo social. Essa afirmativa define o racismo como uma dinâmica fluida que muda de direção segundo a predominância de cada grupo em dado espaço. Embora uma pessoa branca possa ter sido incomodada — até impiedosamente — por pertencer a uma minoria numérica em um contexto específico, ela estava vivendo discriminação e preconceito racial, *não racismo*. Essa distinção não pretende minimizar a experiência da pessoa branca, mas tem como objetivo esclarecer e impedir de tomar os termos como intercambiáveis e, consequentemente, insignificantes.

Além disso, a sociedade como um todo segue reforçando a supremacia branca, e todos os estudantes são afetados por ela. É comum estudantes brancos, numa escola assim, serem mais bem tratados pelos professores e serem alvo de altas expectativas. Os livros didáticos, os currículos e a administração ainda reforçam a preferência pela branquitude. Fora da escola (e, em muitos aspectos, dentro dela), esses estudantes ainda tiveram a garantia do privilégio branco enquanto ascendiam socialmente.

Para a maioria dos brancos, ser minoria na escola ou no bairro costuma ser temporário. É provável que deixem de ser minoria em seu ambiente na medida em que a mobilidade ascendente com frequência implica distanciar-se dos espaços integrados nos quais pessoas de cor são a maioria.

"MEUS PAIS NÃO SÃO RACISTAS E ME ENSINARAM A TAMBÉM NÃO O SER"

Quer você defina racismo como preconceitos raciais e atos individuais ou como um sistema de desigualdade racial que beneficia os brancos à custa das pessoas de cor (como o fazem os antirracistas), seus pais não poderiam tê-lo ensinado a não ser racista, assim como não poderiam ser eles mesmos isentos de racismo. Uma educação imune ao racismo é impossível, porque o racismo é um sistema social entranhado na cultura e em suas instituições. Nascemos dentro desse sistema e não temos como não ser afetados por ele. Entendo que muitos pais dizem a seus filhos para não serem racistas, mas a prática de nossas vidas é mais poderosa do que as palavras que dizemos, e viver uma vida segregada é uma mensagem de prática poderosa. Evidentemente, há gradações, e é certamente mais construtivo ser informado de que o racismo é errado, não certo, mas isso ainda é insuficiente para nos vacinar completamente contra a cultura circundante.

Imaginemos que a real intenção da pessoa fosse dizer: "Meus pais não eram racialmente preconceituosos e me ensinaram a não o ser". Esta afirmativa ainda seria falsa porque é humanamente impossível sermos imunes ao preconceito. Tal afirmação simplesmente indica que a pessoa não tem ciência do processo de socialização e das inescapáveis dinâmicas da cultura humana. Os pais de determinada pessoa podem ter dito que não eram preconceituosos e, com isso, negado seu preconceito. Eles podem ter dito a seus filhos para não serem preconceituosos, com o resultado disso sendo os filhos, como os pais, negarem o próprio preconceito. Os pais podem ter esperado e acreditado sinceramente que estavam educando filhos não preconceituosos, mas não podemos ensinar humanos a não terem preconceito algum. O cérebro humano simplesmente não funciona do jeito como processamos informações a respeito dos outros. Muitos de nós ensinamos nossos filhos apenas a não admitirem o preconceito. Um pai treinando um filho a não dizer certas coisas abertamente racistas está ensinando à criança autocensura e não a examinar as mensagens raciais profundamente entranhadas que todos nós absorvemos. Num mundo ideal, ensinaríamos nossos filhos a reconhecer e a desafiar o preconceito; jamais a negá-lo.

"AS CRIANÇAS HOJE SÃO MUITO MAIS ABERTAS"

Quanto à afirmação de que as crianças são muito mais abertas, a pesquisa das duas últimas décadas indica que as crianças são imensamente mais sofisticadas em sua consciência das hierarquias sociais do que muitas pessoas acreditam.[3] E mesmo quando a raça não é explicitamente discutida, as crianças internalizam mensagens implícitas e explícitas sobre raça, a partir de seu ambiente.

Por exemplo, os psicólogos pesquisadores Maria Monteiro, Dalila de França e Ricardo Rodrigues testaram 283 crianças brancas de seis a sete anos e de nove a dez anos. Pediu-se a elas que alocassem dinheiro a crianças brancas e negras, às vezes com um adulto branco na sala, outras, sem supervisão de adulto algum, para ver se a presença de um adulto influenciaria seu comportamento. Os pesquisadores descobriram que o grupo mais jovem discriminava as crianças negras em ambas as situações, enquanto o grupo mais velho as discriminava apenas quando o adulto não estava presente. A importância dessa conclusão é demonstrar que as crianças mais velhas claramente tinham preconceito racial e o praticavam, escondendo-o, porém, na presença de um adulto branco. Portanto, as crianças comprovaram que não se tornam menos racialmente tendenciosas enquanto crescem, mas que aprenderam a ocultar seu racismo diante de adultos.[4] Monteiro e seus colaboradores descobriram hostilidade racial em crianças de apenas três anos. Não obstante, muitos pais e professores brancos acham que crianças não veem cor.[5] Essa falsa crença nos impede de enfrentar honestamente o racismo com crianças e explorar com elas em que medida o racismo moldou as desigualdades que ainda observam.

"RAÇA NÃO TEM NADA A VER COM ISSO"

Com quanta frequência você ouviu alguém introduzir uma história sobre raça com a afirmativa: "Raça não tem nada a ver com isso, mas...", ou: "Por acaso ela é negra e..."? Vamos olhar mais de perto o motivo pelo qual as pessoas acham necessário fazer essa abertura, como ela geralmente demonstra o oposto. O binário racista = mau/não racista = bom se reflete nessas alegações porque, segundo o binário, se raça tem algo a ver com isso, a pessoa que está contando a história estaria racialmente implicada, logo, não mais posicionada como indiferente à cor ou alheia à raça. Além disso, se a história é sobre um conflito entre o narrador e a pessoa de cor, então o narrador poderia soar racista, e isso significaria que o falante é uma pessoa má. Se, porém, o falante entende o racismo como um sistema institucional no qual todos nós somos socializados, então ele não faria essa ressalva, por compreender que o conflito não pode estar imune às dimensões raciais.

Carregamos conosco nossas histórias raciais e, contrariamente à ideologia do individualismo, representamos nossos grupos e aqueles que nos precederam. Nossas identidades não são únicas ou inerentes, mas construídas ou produzidas mediante processos sociais. Além do mais, não vemos através de olhos claros ou objetivos — vemos por meio de lentes raciais. Em alguma medida, a raça está sempre em ação, mesmo em sua suposta ausência.

"FOCAR NA RAÇA É O QUE NOS DIVIDE"

A ideia de que falar de racismo é, em si mesmo, racista sempre me pareceu muito estranha. Ela está arraigada no conceito de que raça não tem importância; logo, falar sobre ela lhe dá um peso imerecido. Muitas coisas das quais falamos todos os dias realmente não têm importância. Exatamente porque não têm valor, esses tópicos de conversação são facilmente ventilados. Sabemos que a raça tem grande importância, mas, por muitas das razões já discutidas, achamos que é preciso negar seu peso. Ironicamente, essa negação é um modo fundamental pelo qual os brancos mantêm um poder racial desigual.

Muitas vezes, ouvi essa resposta no contexto de discussões inter-raciais, muito frequentemente no ponto em que o poder racial branco é mencionado. Muitos brancos consideram divisionismo nomear o poder racial branco. Para eles, o problema não é a desigualdade de poder em si; o problema é *dar nome* a essa desigualdade. Essa nomeação rompe a pretensão de unidade e escancara a realidade da divisão racial.

Mesmo quando participantes de cor afirmam repetidamente que a recusa dos brancos em reconhecer a diferença racial e a dinâmica de poder, na verdade, mantém a desigualdade racial, os participantes brancos continuam a insistir que silenciar a diferença é necessário para a unidade. Embora os participantes estejam aparentemente engajados em discussões de exploração das diferenças em experiências e perspectivas raciais, assim que essas diferenças surgem, muitos brancos reagem como se tivesse havido uma violação. É claro que as normas brancas *são* violadas pela nomeação do poder branco. Todavia, as relações desiguais de poder não podem ser desafiadas se não forem reconhecidas.

Recusar a nos engajar em uma exploração autêntica das realidades raciais apaga (e nega) experiências raciais alternativas. Se bloqueamos outras realidades por não as discutir, podemos fingir que elas não existem, assumindo assim uma experiência racial partilhada. Não falar sobre raça nos permite manter a percepção de nós mesmos como indivíduos únicos, alheios à socialização coletiva e à experiência de grupo. Embora falar de racismo seja desconfortável para a maioria dos brancos, temos de fazê-lo se quisermos desafiar — em vez de proteger — o racismo. Evitar falar sobre racismo apenas fará assentar nossa desinformação e nos impedir de desenvolver as competências necessárias para desafiar o *status quo*.

EM CONCLUSÃO

Muitos de nós, nascidos antes e durante os anos 1960, tínhamos imagens dos conflitos pelos direitos civis daquela época como a síntese do racismo. Hoje temos imagens para exibir de nacionalistas brancos marchando em Charlottesville, Virgínia. E embora falar sobre essas iniciativas explicitamente racistas seja fundamental, também devemos ter o cuidado de nos manter no lado "bom" do falso binário. Considero muito mais produtivo pensar a respeito de mim mesma como em um *continuum*. O racismo está tão entranhadamente entrelaçado na trama de nossa sociedade que não me vejo escapando a esse *continuum* durante minha vida. Mas posso buscar me mover implacavelmente ao longo dele. Não estou presa a uma posição fixa no *continuum*; minha posição é determinada por aquilo que eu esteja realmente fazendo em determinado momento. Pensar em mim mesma como em um *continuum* ativo muda a pergunta de se eu sou ou não racista para um questionamento mais construtivo: estou buscando ativamente quebrar o racismo nesse contexto? E, talvez ainda mais importante: como sei disso?

CAPÍTULO 6

ANTINEGRITUDE

Mas todas as nossas expressões — relações raciais, abismo racial, justiça racial, perfil racial, privilégio branco, até mesmo supremacia branca — servem para ocultar que o racismo é uma experiência visceral, que ele desloca cérebros, bloqueia vias aéreas, rompe músculos, extrai órgãos, racha ossos, quebra dentes... Você deve se lembrar sempre de que a sociologia, a história, a economia, os gráficos, os mapas, as regressões todas aterrissam, com grande violência, sobre o corpo.

— TA-NEHISI COATES, *Between the World and Me*

O RACISMO É COMPLEXO E MATIZADO E SUAS MANIFESTAções não são as mesmas em todos os grupos de cor. Para contestar as ideologias do racismo, tais como o individualismo e o daltonismo racial, nós, as pessoas brancas, devemos suspender nossa percepção de nós mesmas como única e/ou alheia à raça. Explorar nossa identidade racial coletiva quebra um privilégio-chave da dominação — a habilidade de alguém ver a si mesmo apenas como indivíduo. Temos de discutir as pessoas brancas enquanto grupo — mesmo que fazê-lo nos perturbe — para poder romper com nossas identidades desracializadas.

Para as pessoas de cor, o privilégio de serem vistas (e de se verem) como indivíduos únicos fora do contexto de raça não está assegurado.

Falar de raça e de racismo em termos gerais como *pessoas brancas* é construtivo para os brancos porque quebra o individualismo. Mas a generalização racial também reforça algo problemático para as pessoas de cor — o foco contínuo em sua identidade de grupo. Além do mais, isso faz muitos grupos raciais colapsarem como uma categoria genérica, negando assim as formas específicas segundo as quais grupos diferentes fazem a experiência do racismo. Embora as pessoas de cor compartilhem algumas experiências genéricas de racismo, também há variações baseadas na história de um grupo específico. Essas variações incluem como os membros do grupo se adaptaram à cultura dominante, como eles têm sido representados, como têm sido posicionados em relação a outros grupos de cor; incluem ainda o "papel" atribuído ao grupo pela sociedade dominante. Por exemplo, as mensagens acerca da herança asiática que internalizei não são as mesmas referentes aos povos indígenas, e um aspecto-chave de contestar essas mensagens é identificar suas diferenças e o modo como elas configuram minhas atitudes acerca dos vários grupos de cor. Além disso, há uma infinidade de grupos dentro dessas categorias, e aqui também tenho atitudes diferentes. Por exemplo, meus estereótipos sobre os japoneses não são os mesmos que tenho a respeito dos chineses, e esses estereótipos dão forma a respostas diversas.

Neste capítulo, abordarei unicamente o sentimento antinegro integrado à identidade branca. Ao fazê-lo, não desejo minimizar o racismo vivido por outros grupos de cor. Contudo, acredito que, na cabeça do branco, os negros são o "outro" racial definitivo. Temos de encarar essa relação enquanto aspecto fundamental da socialização racista subjacente à fragilidade branca.

Lembro a meus leitores: estou me dirigindo aos brancos em nível social. Tenho amigos negros aos quais amo profundamente. Não tenho de suprimir sentimentos de ódio e de desprezo quando me sento com eles; vejo sua humanidade. Porém, no macronível, também reconheço os profundos sentimentos antinegro que me foram inculcados desde minha infância. Esses sentimentos emergem imediatamente — na verdade, antes mesmo de eu poder pensar — quando defino os negros em geral. Os sentimentos vêm à tona quando passo por estranhos negros na rua, vejo retratos estereotipados dos negros na mídia e ouço os avisos mal velados e as piadas contadas em meio aos brancos. Esses são os sentimentos mais profundos que pretendo examinar, pois eles podem e realmente vazam sem que eu tenha consciência disso e magoam pessoas que eu amo.

Como já discutimos em capítulos anteriores, vivemos numa cultura que veicula mensagens incessantes de superioridade branca, que convivem com mensagens constantes de inferioridade negra, mas a antinegritude vai mais fundo que os estereótipos negativos que todos nós assimilamos; ela é fundamental para nossas identidades enquanto brancos. A branquitude sempre foi predicada a partir da negritude. Como discutimos no Capítulo 2, não havia conceito de raça ou de raça branca antes da necessidade de justificar a escravização de africanos. Criar uma raça negra separada e inferior criou simultaneamente a raça branca "superior": um conceito não poderia existir sem o outro. Nesse sentido, os brancos necessitam dos negros; a negritude é essencial para a criação da identidade branca.

Estudiosos argumentam que os brancos se apartam de si e projetam nos negros os aspectos que não querem admitir em si mesmos.[1] Por exemplo, os senhores brancos dos africanos escravizados os pintaram consistentemente como indolentes e infantis, mesmo vendo-os labutar em tarefas extenuantes do alvorecer ao cair da noite. Hoje, pintamos os negros como perigosos, um retrato que corrompe a verdadeira orientação da violência entre brancos e negros desde a fundação do país. Essa caracterização gera aversão e hostilidade com os negros e sentimentos de superioridade relativos a nós mesmos, mas não podemos reconhecer moralmente nenhum desses sentimentos. Reiterando: falo aqui da consciência branca coletiva. Uma pessoa branca pode, individualmente, não ter ciência desses sentimentos, mas muitas vezes me admiro diante da rapidez com que eles emergem frente à contestação mais sutil.

Leve em conta o persistente ressentimento branco contra as assim chamadas injustiças dos programas de ação afirmativa. Há evidências práticas de que as pessoas de cor (especialmente os negros) foram discriminadas na contratação para postos de emprego do fim da escravização até os dias atuais.[2] No final dos anos 1960, instituiu-se um programa de minimização dessa discriminação: a ação afirmativa, a respeito da qual há muita desinformação, como demonstrado na ideia de direitos especiais. Por exemplo, geralmente se acredita que se uma pessoa de cor se candidata a um posto, ela deve ser contratada em detrimento de outra, branca; se acredita ainda que os negros recebem tratamento preferencial em processos seletivos e que um número específico de pessoas de cor tem de ser contratado para preencher determinada cota.

Todas essas crenças são claramente equívocas. A ação afirmativa é um instrumento para garantir que candidatos de uma minoria *qualificada* tenham as mesmas oportunidades de emprego dadas aos brancos. É um programa flexível — não existem cotas ou pré-requisitos como geralmente se pensa. E, além disso, *mulheres brancas* foram as maiores beneficiárias da ação afirmativa, embora o programa inicialmente não as incluísse. As empresas tendem a favorecer mulheres brancas e imigrantes de cor provenientes da elite quando precisam escolher executivos.[3] De nenhum empregador se exige dar vaga a uma pessoa de cor sem qualificação, mas das empresas se exige explicação quando não contratam uma pessoa de cor qualificada (mas essa exigência raramente é enfatizada). Além disso, a ação afirmativa nunca se aplica às empresas privadas — apenas às agências estatais e governamentais.

Contudo, esse programa foi sistematicamente sabotado. Vários estados simplesmente descontinuaram os programas de ação afirmativa. Por sua vez, os negros continuam a ser o grupo mais sub-representado em nível de liderança empresarial. Em 2018, a ação afirmativa foi praticamente desmantelada. Contudo, sempre encontrarei um homem branco — cheio de ressentimento — debatendo a questão da ação afirmativa. Parece que nós, pessoas brancas, simplesmente não podemos deixar de nos sentir afrontadas pela ilicitude que essa inócua tentativa de retificar séculos de injustiça representa para *nós*. E esse ressentimento emerge consistentemente em grupos de líderes predominantemente brancos que me pediram para ir a seu encontro e ajudá-los a recrutar e a reter mais pessoas de cor.

Muitas pesquisas atestam o desdém dos brancos pelos negros, desde a trajetória da escola à prisão, passando pelo encarceramento em massa, até a fuga branca.[4] Por exemplo, em pesquisas atitudinais, a maioria dos brancos diz preferir bairros com não mais do que trinta por cento de negros, e mais da metade dos brancos diz que não se mudaria para um bairro com trinta por cento de negros ou mais. Estudos sobre padrões de mobilidade real não apenas confirmam essas preferências como também demonstram que os brancos as subnotificam. A fuga branca dispara quando um bairro, anteriormente branco, atinge sete por cento de negros. Em bairros com não mais do que algumas famílias negras, a demanda por habitações por parte de brancos tende a desaparecer.[5] (Isto é, a demanda desaparece, a menos que os brancos necessitem dessas moradias, forçados por preços inacessíveis das habitações de outros bairros. Nesse caso, os negros são empurrados para longe na proporção do aumento da gentrificação. Brooklyn, Harlem, Oakland e Seattle são exemplos clássicos disso.)

Um estudo de 2015 da Fundação Sociológica Americana descobriu que o mais alto nível de segregação está entre negros e brancos, o mais baixo, entre asiáticos e brancos; e o nível entre latinos e brancos ocupa uma posição intermediária. Maiorias brancas, tanto na expressão de suas crenças quanto em suas práticas de vida, não querem se integrar com os negros.

Vemos o sentimento antinegro na rapidez com a qual imagens de brutalidade contra crianças negras (para não falar contra adultos) são justificadas pela suposição branca de que ela é merecida. Tais crenças seriam impensáveis se tivéssemos visto imagens de adolescentes brancos sendo expulsos de salas de aula, de crianças em jardins de infância sendo algemadas, de uma criança branca recebendo um balaço enquanto brincasse com uma arma de brinquedo no parque. Vemos o sentimento antinegro na réplica automática ao Vidas Negras Importam*: *todas* as vidas importam, vidas *azuis* importam. E na comparação absurdamente falsa entre os brancos nacionalistas e o movimento "direita

* Black Lives Matter, em inglês, é um movimento ativista internacional, originado em 2013 na comunidade afro-americana dos EUA. Opondo-se à violência e ao racismo sistêmico sofridos pelas pessoas negras, o movimento tomou proporção global. (N. E.)

alternativa" (agora diretamente conectado à Casa Branca) com o Partido dos Panteras Negras dos anos 1960. Vemos antinegritude na muito maior severidade com que criticamos os negros, por qualquer parâmetro. Nós o vemos no presidente dos Estados Unidos classificando neonazistas confessadamente supremacistas brancos em marcha aberta pelas ruas — incluindo um homem que jogou um carro contra uma multidão em protesto — como iguais em caráter às pessoas que protestam contra eles. É como Coates observa em "The Case for Reparations":

> A antiga economia americana foi construída tendo o trabalho escravo como alicerce. O Capitólio e a Casa Branca foram construídos por escravos. O presidente James K. Polk negociou escravos no Salão Oval. Os lamentos sobre a "patologia negra", a crítica às estruturas da família negra por estudiosos e intelectuais soam falsos em um país cuja existência se caracteriza pela tortura cometida contra os pais negros, pelo estupro de mães negras, pela venda de crianças negras. Uma afirmativa honesta da relação americana com as famílias negras revela que o país não é seu provedor, mas seu destruidor. E essa destruição não se encerrou com a escravização.[6]

A antinegritude lança raízes na desinformação, nas fábulas, perversões, projeções e mentiras. Ela também se enraíza numa falta de conhecimento histórico e na incapacidade ou indisponibilidade a determinar os efeitos da história no presente. Talvez, porém, e mais fundamentalmente, a antinegritude vem da culpa profunda pelo que fizemos e continuamos a fazer; do conhecimento insuportável de nossa cumplicidade com a tortura profunda dos negros no passado e no presente. Embora o drama dessa tortura em suas várias formas — físicas e psicológicas — seja carregado apenas por negros, há nele um trauma de tipo moral para a coletividade branca. Em seu livro revolucionário, *My Grandmother's Hands* ["As mãos de minha avó"], o assistente social e terapeuta Resmaa Menakem se refere à supremacia branca como *supremacia do corpo branco* para demonstrar que ela é uma forma de trauma armazenada em nossos corpos coletivos: "Muitos afro-americanos conhecem o trauma intimamente — a partir de seus próprios sistemas nervosos, das experiências das pessoas que amam e, mais frequentemente, a partir tanto de uns como das outras. Mas os afro-americanos, nisso, não estão sós. Uma forma distinta, mas igualmente real, do trauma racializado vive nos corpos de muitos americanos brancos".[7] Nossas projeções permitem-nos enterrar esse trauma desumanizando e depois culpabilizar a vítima. Se os negros não são tão humanos quanto nós, pessoas brancas, nossos maus-tratos contra eles não têm importância. Não somos culpados; eles é que são. Se eles são maus, os maus-tratos não são injustos. De fato, são *justos*.

Há uma curiosa satisfação em punir pessoas negras: nos rostos sorridentes da multidão branca fazendo piqueniques em lugares de linchamento no passado e na aprovação satisfeita de pessoas brancas observando encarceramento em massa e execução no presente. Ao infligir dor aos negros, a justiça branca se torna aparente na alegria extraída pela coletividade branca das caras-pretas e das pinturas de negros como macacos e gorilas. Nós a vemos na compaixão pelos viciados brancos em opiáceos e no apelo a lhes fornecer serviços de recuperação *versus* a condenação obrigatória perpetrada contra os viciados em *crack*. Nós a vemos na preocupação com a classe operária branca "esquecida", tão fundamental para o resultado da eleição presidencial americana de 2016, e na despreocupação com os negros, que permanecem na base de praticamente toda medida socioeconômica. Como Coates ressalta: "Negros labutando estão em seu estado natural; brancos labutando suscitam o fantasma da escravidão branca".[8]

Coates se refere às pessoas brancas como "sonhadoras" em "o sonho", falsamente crentes de que são realmente brancas. Pego isso para dizer que os brancos só podem ser brancos se alguém não o for — se alguém é o oposto de branco. O branco é uma identidade falsa, uma identidade de falsa superioridade. Nesse sentido, a branquitude não é real. O sonho é o "mundo perfeito", não poluído por negros. Se os brancos forem construir esse mundo, os negros devem ser segregados pela violência do Estado. Mesmo assim, eles devem existir, pois a existência dos negros fornece o outro necessário contra os quais os brancos devem se erguer. Portanto, a identidade branca depende particularmente da projeção de inferioridade sobre os negros, e a opressão desse *status* inferior justifica a coletividade branca.

Para falar sem rodeios, acredito que a coletividade branca fundamentalmente odeia a negritude por aquilo que ela nos faz recordar: somos capazes e culpados de perpetrar prejuízo imensurável, e nossos ganhos vêm da subjugação de outros. Nutrimos um ódio particular pelos negros "insolentes", por aqueles que ousam sair de seus lugares e olhar para nós olho no olho, como iguais.[9] A mensagem que circula implacavelmente através das gerações reforça a crença branca de que os negros são inerentemente indignos (crença abertamente ultrajante, diante do roubo de seu trabalho sancionado pelo Estado). Ouvimos essa mensagem na narrativa das "fraudadoras da previdência" e das "rainhas da previdência" na era Reagan. E a vemos hoje quando os comentaristas chamam de "ingratos" os jogadores da Liga Nacional de Futebol Americano (NFL, em inglês) que se ajoelham durante a execução do hino nacional e exercem seu direito de protestar contra a brutalidade policial e quando o ex-deputado Joe Walsh declara que Stevie Wonder é "outro negro multimilionário ingrato". Nós a vemos quando Robert Jeffress, pastor evangélico de Dallas e conselheiro do presidente dos Estados Unidos, declara que atletas da NFL que protestam contra a brutalidade da polícia contra negros americanos deveriam era agradecer a Deus por não precisarem se preocupar em levar um tiro na cabeça "como se estivessem na Coreia do Norte". Nós a vemos no ultraje da multidão de progressistas brancos que foram a um comício de Bernie Sanders em Seattle e quando ativistas negros lhes pediram para fazer um silêncio de quatro minutos e meio em memória de Michael Brown — um homem negro desarmado morto pela polícia em Ferguson, Missouri —, gritaram: "Como vocês ousam?".

Carol Anderson, em seu livro *White Rage* ["Fúria branca"], afirma: "O gatilho da fúria branca é, inevitavelmente, o avanço negro. O problema não é a mera presença dos negros; longe disso, é a negritude com ambição, impulso, propósito, aspirações e demandas de cidadania igual e plena. É a negritude que se recusa a aceitar a subjugação, que se nega a desistir". E continua: "A verdade é que, a despeito disso tudo, um homem negro foi eleito presidente dos Estados Unidos: o avanço máximo, logo, o cúmulo da afronta. Talvez, não supreendentemente, legalizar direitos tenha sido severamente restringido, o governo federal tenha sofrido apagão e, mais de uma vez, o gabinete presidencial tenha sido chocante, aberta e publicamente desrespeitado por outros funcionários públicos eleitos".[10]

A antinegritude é uma mistura complexa e confusa de ressentimento e benevolência, pois também usamos os negros para nos sentir benevolentes e nobres. Somos atraídos por aqueles que baixam os olhos em nossa presença, por aqueles que podemos "salvar" dos horrores de suas vidas negras com nossa abundância e bem-querer. Veja um exemplo que uso muito em minhas apresentações: *Um sonho possível,* filme de estrondoso sucesso pelo qual Sandra Bullock ganhou um Oscar. O filme é um exemplo convincente dos brancos como a face racialmente benevolente da moeda. Baseado na história "real" de uma família — os Tuohy — que resgatou Michael Oher, um negro proveniente de uma família empobrecida que veio a se tornar jogador da Liga Nacional de Futebol Americano. Apesar de o filme ter sido muito popular junto ao público, narrativas raciais muito problemáticas são reinscritas nele. De fato, não há personagens negros que *não* reforcem estereótipos raciais negativos. O próprio Oher é retratado como um gigante gentil e infantilizado vivendo numa pobreza abjeta. Ali metidos temos sua mãe solteira e viciada com vários filhos de pais desconhecidos, o trabalhador incompetente encostado na previdência, o advogado insolente e os ameaçadores membros de gangues em um bairro infestado pelas drogas e tomado pelo crime.

Em uma cena decisiva, Oher retorna a seu antigo bairro. E enquanto caminha pela rua, é cercado por uma gangue que tenta intimidá-lo. Enquanto ele pesa suas bem limitadas opções, a senhora Tuohy chega e encara os membros da gangue, que rapidamente desistem e fogem. Resgatado pela senhora Tuohy, Oher volta para o seguro e branco bairro de classe média. A cena não deixa dúvida: a única alternativa de Oher poder ser salvo dos terrores de sua própria comunidade negra vem por meio da benevolência e da bravura de uma família branca.

No filme, profissionais brancos discutem sobre Oher como se se tratasse de alguém incapaz de se desenvolver (ele realmente dá sinais disso — surge passivo e inarticulado durante o filme). Seus professores percebem que seu teste de inteligência traz baixo resultado em "capacidade de aprender", mas alto escore em "instinto protetor"! Como uma professora de educação que jamais ouviu falar de um teste para medir "instinto protetor", fui incapaz de encontrar evidências dessa medição esquisita. É muito provável que Oher, um homem negro, seja retratado como alguém com falhas severas em habilidades intelectuais, mas excepcional em algo instintivo. Sua limitada aptidão intelectual é reforçada durante o filme, por exemplo, quando o filho mais novo dos Tuohy precisa ensinar Oher a jogar futebol americano.

De acordo com o filme, Oher não é capaz de entender as regras do jogo. Então, a senhora Tuohy apela para o "instinto protetor" dele dizendo-lhe para imaginar que um dos membros de sua nova família vai se machucar. Uma vez que seus instintos estão em alerta (e não seu intelecto), ele é imparável em campo. Em uma cena especialmente insultante, a criança branca que tentava, sem o menor sucesso, ensinar Oher a jogar futebol americano se senta à mesa para negociar um contrato para ele com um poderoso adulto enquanto Oher fica sentado atrás, mudo.

Esse filme, contado na perspectiva branca e entusiasmadamente recebido pelo público, reforça algumas ideologias dominantes muito importantes:

- Os brancos são os salvadores dos negros.
- Algumas crianças brancas podem ser inocentes, mas adultos negros são mortal e criminosamente corruptos.
- Brancos que queiram salvar ou, de alguma maneira, ajudar pessoas negras, provavelmente a um grande custo pessoal, são nobres, corajosos e moralmente superiores aos demais brancos.
- Indivíduos negros podem superar suas condições, mas geralmente só com a ajuda dos brancos.
- Bairros negros são essencialmente perigosos e criminosos.
- Praticamente todos os negros são pobres, incompetentes e desqualificados para seus empregos; fazem parte de gangues, são viciados em drogas e maus pais.

- A rota mais confiável para homens negros escaparem da degradação das áreas centrais urbanas é por meio dos esportes.
- Há pessoas brancas desejosas de lidar com indivíduos negros "merecedores", mas os brancos não se tornam parte da comunidade negra de nenhuma maneira expressiva (para além das obras de caridade).[11]

Obviamente, Oher também traz redenção para os brancos que o salvaram. O filme acaba com uma narrativa da senhora Tuohy, uma cristã, afirmando que era vontade de Deus que aquele menino fosse salvo (aparentemente por conta de seu talento em campo, ele se tornou mais lucrativo, logo, mais valioso para os brancos). Os Tuohy, naturalmente, são bons brancos, que têm de lidar com o preconceito dos maus indivíduos brancos que encontram no clube de campo e em outros lugares. Desse modo, o binário racista = mau/não racista = bom também é reforçado. O filme é fundamental e insidiosamente antinegro.

A socialização racial branca produz muitos sentimentos conflitantes entre os negros: benevolência, ressentimento, superioridade, ódio e culpa se agitam logo abaixo da superfície e irrompem pela mínima brecha, mesmo sem serem explicitamente reconhecidos. Nossa necessidade de negar as manifestações desconcertantes da antinegritude que residem tão próximas à superfície tornam-nos irracionais, e essa irracionalidade está no centro da fragilidade branca e do sofrimento que ela provoca nas pessoas de cor.

CAPÍTULO 7

GATILHOS RACIAIS PARA BRANCOS

Durante um diálogo inter-racial em uma organização que está tentando aumentar a compreensão racial de sua equipe, os participantes de cor contestam repetidamente as afirmativas problemáticas nas declarações de uma mulher branca. "Eu me sinto como se tudo o que digo me fosse jogado de volta", ela exclama. "As pessoas brancas estão sendo atacadas e incriminadas, e temos de nos defender ou nos deixar ser usados como sacos de pancada. Desisto! Não abro mais minha boca."

A única negra de um time de planejamento de uma empresa ouve atentamente seus colegas brancos durante a primeira hora de uma reunião e depois faz uma pergunta sobre a proposta. Depois da reunião, sua supervisora a convoca ao escritório e a informa de que outra colega se sentiu atacada por ela.

OS FATORES DISCUTIDOS NOS CAPÍTULOS PRECEDENTES protegem os brancos de um estresse de base racial. Embora a proteção racial seja algo mediado pela classe social (com pobres brancos e brancos da classe operária urbana sendo geralmente menos racialmente protegidos do que brancos dos bairros de classe média alta ou rurais), o ambiente social mais abrangente protege os brancos como grupo por meio das instituições, das representações culturais, da mídia, dos livros didáticos, da publicidade, dos discursos dominantes, e assim por diante. A pesquisadora em estudos da branquitude, Michelle Fine, descreve essa proteção:

> A branquitude acumula privilégio e *status*; cerca-se de pilares protetores de recursos e/ou benefícios da dúvida; é assim que a branquitude rebate a fofoca e o voyeurismo e, em vez disso, exige dignidade.[1]

Os brancos raramente se veem sem essa proteção. Ou, se se veem, é porque decidiram andar temporariamente fora dessa área de segurança. Mas dentro de seu ambiente de privilégio racial isolado, os brancos têm a expectativa de conforto racial e se tornam menos tolerantes à tensão racial.

Quando ideologias tais como o daltonismo racial, a meritocracia e o individualismo são interpelados, são comuns reações emocionais intensas. Venho discutindo várias razões pelas quais os brancos são tão resistentes diante da sugestão de que nos beneficiamos e somos cúmplices de um sistema racista:

- Tabus sociais contra falar abertamente sobre raça.
- O binário racista = mau/não racista = bom.
- Medo e ressentimento para com as pessoas de cor.
- Nossa ilusão de que somos indivíduos objetivos.
- Nosso conhecimento culposo de que algo além do que estamos prontos a admitir está acontecendo.
- Profundo investimento em um sistema que nos beneficia e que fomos condicionados a ver como justo.
- Superioridade internalizada e senso de um direito a governar.
- Um arraigado legado cultural de sentimento antinegro.

A maioria dos brancos tem informação limitada sobre o que o racismo é e como ele funciona. Para muitos deles, um curso isolado feito em uma faculdade ou o "treinamento em competência cultural" exigido em seu trabalho é a única oportunidade em que podem encarar um desafio direto e fundamentado feito à sua realidade racial.

Todavia, mesmo nessa arena, nem todos os cursos multiculturais ou programas de treinamento abordam o racismo de frente, muito menos abordam o privilégio branco. É muito mais comum esses cursos e programas usarem uma linguagem racialmente codificada com termos como "urbano", "centro da cidade" e "desfavorecidos", raramente usando "branco", "superfavorecido" ou "privilegiado". Essa linguagem racialmente codificada reproduz imagens e perspectivas racistas enquanto, ao mesmo tempo, reproduz a confortável ilusão de que a raça e seus problemas são algo que "eles" têm. Nós, não. As razões pelas quais os facilitadores desses cursos e treinamentos não devem nomear diretamente as dinâmicas e os beneficiários do racismo vão desde a falta de uma análise válida do racismo por parte de facilitadores brancos, passando por estratégias de sobrevivência pessoal e econômica por parte de facilitadores de cor, até a pressão sobre os níveis de gerência para manter o conteúdo confortável e palatável para os brancos.

No entanto, se e quando um programa educacional enfrenta diretamente o racismo e o privilégio dos brancos, é comum as respostas brancas incluírem raiva, retrocesso, incapacitação emocional, culpa, bate-boca e dissonância cognitiva (todas reações que reforçam a pressão sobre os facilitadores para eles evitarem abordar diretamente o racismo). Os assim chamados brancos progressistas podem não reagir raivosamente e, mesmo assim, isolarem-se mediante afirmações de que não têm necessidade de se engajar no conteúdo porque já "tiveram aula sobre isso", ou "já sabem tudo". Todas essas respostas constituem a fragilidade branca — resultado da reduzida resistência psicossocial que o insulamento racial inculca.

Eu já era adulta, mãe e graduada quando experimentei um desafio à minha identidade ou posição racial, e essa experiência só ocorreu porque assumi um posto de instrutora para a diversidade. Quando você combina uma raridade dessas com toda uma vida de centralidade racial, com a superioridade internalizada, com a autopercepção de indivíduo único e as expectativas de conforto racial que nossa cultura engendra, eu simplesmente nunca fora convocada a construir minha capacidade de suportar o estresse racial.

O conceito de *habitus*, do antropólogo Pierre Bourdieu, é muito útil para o entendimento da fragilidade branca — a previsibilidade da resposta branca ao vermos nossas posições raciais contestadas.[2] Segundo Bourdieu, o *habitus* resulta da socialização, das práticas repetitivas de atores e de sua interação com cada um e com o resto de seu meio social. Pelo fato de ser repetitiva, nossa socialização produz e reproduz pensamentos, percepções, expressões e ações. Logo, o *habitus* pode ser pensado como os modos familiares de alguém perceber, interpretar e responder às pistas sociais a seu redor.

Há três aspectos-chave da teoria de Bourdieu que são fundamentais para a fragilidade branca: campo, *habitus* e capital. *Campo* é o contexto social específico no qual a pessoa está — numa festa, no trabalho ou na escola. Se você tomar uma escola como exemplo, há o macrocampo da escola como um todo e, dentro da escola, há microcampos — a sala dos professores, a sala dos funcionários, as salas de aula, o pátio, o gabinete de diretoria, a enfermaria, o almoxarifado, e assim por diante.

Capital é o valor social que as pessoas detêm num campo específico, é como elas se percebem e são percebidas pelos outros em termos de seu poder ou *status*. Compare, por exemplo, o capital de um professor com o de um estudante, o de um professor com o de um diretor, o de um estudante de classe média com o de um estudante que receba alimentação gratuita ou a adquira com desconto, o de um aprendiz de inglês com o de um falante materno, o de uma garota popular com o de uma impopular, o de um zelador com o de uma recepcionista, o de um professor de educação infantil com o de um professor de sétimo ano, e assim por diante.

O capital pode mudar no campo, por exemplo, quando o zelador "sobe" as escadas para falar com a recepcionista — o zelador em macacão de trabalho e a recepcionista em trajes de escritório —, o trabalhador de escritório tem mais capital do que a pessoa da manutenção. Mas quando a recepcionista "desce" ao almoxarifado, controlado pelo zelador, para pedir mais pincéis de quadro branco, as linhas de poder se alteram; ali é o domínio do zelador, que pode preencher a requisição rapidamente ou dificultar a transação. Perceba como raça, classe e gênero também estarão em jogo em negociações de poder. É mais provável que o zelador seja homem, a recepcionista, mulher; o zelador tende a ser uma pessoa de cor, a recepcionista, branca. Essas camadas complexas e entrecruzadas do capital serão negociadas automaticamente.

O *habitus* inclui a consciência internalizada de uma pessoa acerca de seu *status*, bem como as respostas ao *status* dos demais. Em cada campo, as pessoas estão competindo por poder (quase sempre inconscientemente), e cada campo terá suas regras do jogo.[3] O *habitus* dependerá da posição de poder ocupada pela pessoa na estrutura social. Retomando o exemplo da escola, haverá diferentes regras para ganhar poder na recepção *versus* no almoxarifado do zelador. Não se pensa nessas regras de forma consciente — eu mudo automaticamente para elas quando entro no campo. Se eu não as seguir, serei automaticamente empurrada desse campo por vários meios. Algumas dessas regras nos são ensinadas explicitamente, outras não estão registradas e se aprendem pela seleção de padrões sociais consistentes. Por exemplo, as regras explicam o que você pode ou não pode dizer em determinado campo e como responder quando alguém fala sobre algo tido nele como tabu.

Quando há desequilíbrio no *habitus* — quando as pistas sociais não são familiares e/ou quando desafiam nosso capital —, usamos estratégias para retomar nosso equilíbrio. O *habitus* mantém nosso conforto social e nos auxilia a reavê-lo quando as pessoas à nossa volta não agem de modo familiar e aceitável. Não respondemos conscientemente ao desequilíbrio do *habitus*. Respondemos a ele inconscientemente. Bourdieu explica:

> O *habitus* não é resultado de livre-arbítrio nem determinado por estruturas; ele é criado por um tipo de interação entre os dois ao longo do tempo: disposições que são, ambas, moldadas pelos acontecimentos e pelas estruturas passados e que moldam as práticas e estruturas atuais, além de, o mais importante, condicionarem as próprias percepções que temos delas.[4]

Nesse sentido, o *habitus* é criado e reproduzido "sem nenhuma busca deliberada de coerência [...] sem nenhuma concentração consciente".[5] Na rara situação na qual a posição branca é contestada, o desequilíbrio se apresenta.

Desse modo, a fragilidade branca é um estado no qual até mesmo a menor quantidade de estresse racial no *habitus* se mostra intolerável, desencadeando uma série de movimentos defensivos. Tais movimentos incluem a exibição de emoções como raiva, medo e culpa e comportamentos como discussão, silêncio e espaço para a situação indutora de estresse. Esses comportamentos, por sua vez, restabelecem o equilíbrio racial branco. O estresse racial resulta da interrupção do racialmente familiar. E essas interrupções podem assumir uma variedade de formas e provir de ampla gama de fontes, incluindo:

- Sugerir que o ponto de vista de uma pessoa branca provém de um quadro de referência racializado (desafio à objetividade).
- Pessoas de cor falando diretamente sobre suas próprias perspectivas raciais (desafio aos tabus brancos sobre falar abertamente a respeito de raça).
- Pessoas de cor decidindo não proteger os sentimentos raciais dos brancos (enfrentamento com as expectativas raciais brancas e com a necessidade ou a sensação de eles terem direito ao conforto racial).
- Pessoas de cor se recusando a contar suas histórias ou a responder a perguntas sobre suas experiências raciais (desafio à expectativa de que as pessoas de cor estão à nossa disposição).
- Um companheiro branco em discordância com nossas crenças raciais (desafio à solidariedade branca).
- Receber algum retorno a respeito do impacto racista de nosso comportamento (desafio à inocência racial branca).
- Sugerir que o pertencimento grupal é significativo (desafio ao individualismo).
- Reconhecer que o acesso dos grupos raciais é desigual (desafio à meritocracia).
- Ser apresentado a uma pessoa de cor em posição de liderança (desafio à autoridade branca).
- Ter acesso à informação sobre outros grupos raciais por meio, por exemplo, de filmes em que pessoas de cor conduzam a ação, não em

papéis estereotipados, ou da educação multicultural (desafio à centralidade branca).
- Sugerir que os brancos não representam nem falam por toda a humanidade (desafio ao universalismo).

Numa sociedade na qual os brancos são dominantes, cada um desses desafios se torna excepcional. Em contrapartida, geralmente nos sentimos confusos sobre como responder de forma construtiva. Uma vez me pediram para programar uma orientação individual para um professor branco que fizera comentários raciais inadequados sobre uma estudante negra. Quando a mãe da garota se queixou, o professor entrou na defensiva, e o conflito subiu de tom. O incidente foi parar nos jornais e se chegou até a discutir a possibilidade de processo. Chamarei o professor de sr. Roberts. Durante uma de nossas sessões, o professor Roberts me falou de uma colega dele, uma professora branca, de cuja mesa se tinham aproximado recentemente duas estudantes negras. Ela começou a dizer algo a uma delas chamando-a de "garota". A estudante realmente se surpreendeu e perguntou: "Você me chamou de 'garota'?". Sua colega disse que tudo estava bem porque a professora chamava todas as estudantes de garotas.

Ao me contar essa história, o professor Roberts expressava a mágoa que ele e seus colegas sentiram ao se verem forçados a ser "tão cuidadosos", a ponto de não poderem dizer "um A a mais". Eles percebiam minha intervenção como uma forma de punição e achavam que, por conta do incidente com ele, os estudantes de cor estavam agora "hipersensíveis" e se queixando de racismo onde isso nem existia. Para esses professores, a reação da estudante ao ser chamada de "garota" era um exemplo dessa hipersensibilidade. Essa acusação é uma narrativa branca familiar e, nesse exemplo, fora racionalizada por duas razões: primeiro, porque a professora chamava todas as suas estudantes de "garotas", o comentário não tinha nada a ver com raça. Segundo, uma das estudantes não demonstrava problema com o comentário, logo, a que reagira demonstrara estar sendo hiper-reativa.

As respostas desses professores brancos ilustram várias das dinâmicas da fragilidade branca. Primeiro, eles nunca levaram em conta que não entender a reação das estudantes era demonstração de sua carência de conhecimento e de contexto. Eles não demonstravam a menor curiosidade em saber mais sobre a perspectiva da estudante ou sobre o motivo pelo qual ela se sentia ofendida. Nem demonstravam preocupação com os sentimentos dela. Eram incapazes de separar intenções de impactos. Apesar da falta de habilidades e compreensão inter-raciais do professor Roberts — uma falta que o levou à violação racial com potenciais repercussões legais —, ele permanecia arrogantemente confiante de que estava certo e a estudante, errada. Já sua colega, vendo que ele estava em maus lençóis por causa desse incidente inter-racial, ainda sustentava a solidariedade branca com ele ao validar a perspectiva que compartilhavam, invalidando simultaneamente a perspectiva da estudante de cor. Os professores recorriam ao testemunho da estudante que justificara o comentário como prova do erro da amiga. Segundo eles, a estudante que testemunhou estava certa ao negar todas as implicações raciais. Por fim, os professores usaram essa interação como uma oportunidade de aumentar os muros raciais, em lugar de usá-la como pontes, e, assim, protegiam suas visões de mundo e suas posições.

A fragilidade branca pode ser definida como uma resposta ou "condição" produzida e reproduzida pelas contínuas vantagens sociais e materiais da branquitude. Quando o desequilíbrio ocorre — quando se interrompe o que é familiar e tomado como certo —, a fragilidade branca restaura o equilíbrio e retoma o capital "perdido" via desafio. Esse capital inclui autoimagem, controle e solidariedade branca. Raiva contra o gatilho, desativação e/ou desligamento, indulgência diante da incapacitação emocional como culpa ou "sentimentos feridos", saída de cena ou combinação de todos esses resultados em resposta. Outra vez: essas estratégias são reflexas, raramente conscientes, mas isso não as transforma em inofensivas.

CAPÍTULO 8

O resultado: A fragilidade branca

Estou trabalhando com um pequeno grupo de profissionais brancos sobre manifestações de racismo no ambiente de trabalho. Karen, uma participante do grupo, está incomodada com a solicitação de Joan, sua única colega de cor, para parar de falar quando ela também está falando. Karen não entende o que falar em cima do turno de fala de Joan tem a ver com raça; ela é uma pessoa extrovertida e tende a sobrepor a própria fala à de todo mundo. Tento explicar por que o impacto é diferente quando interrompemos alguém de outra raça porque trazemos nossas histórias conosco. Embora Karen se veja como indivíduo único, Joan a vê como um indivíduo branco. Ser interrompida e ter seu turno de fala abafado por pessoas brancas não é experiência exclusiva de Joan, nem é algo à parte do contexto cultural mais amplo. Karen exclama: "Deixa para lá! Nada do que eu diga está certo, então vou parar de falar!".

ESSE EPISÓDIO ENFATIZA A FRAGILIDADE BRANCA DE KAREN. Ela é incapaz de ver-se a si mesma em termos raciais. Quando pressionada a fazê-lo, recusa-se a se empenhar, posicionando-se como sendo ela que está sendo tratada de modo injusto. Como sublinha o jornalista da Rádio Pública Nacional, Don Gonyea, grande parte dos americanos brancos acha que também sofre preconceito racial:

A maioria dos brancos afirma existir discriminação contra eles, segundo uma pesquisa divulgada terça-feira pela Rádio Pública Nacional, pela Fundação Robert Wood Johnson e pela Escola T. H. Chan de Saúde Pública de Harvard.

"Se você se candidata a um emprego, parece que eles dão mais chance aos negros", disse Tim Hershman, 68 anos, de Akron, Ohio, "e basicamente, sabe, se você pede alguma ajuda do governo, se for branco, não recebe. Só se for negro."

Mais da metade dos brancos — 55% — pesquisados afirma que, em termos gerais, eles acreditam haver discriminação contra os brancos [...].

Contudo, observa-se que, embora a maioria dos brancos pesquisados afirme existir discriminação contra eles, só uma porcentagem muito menor afirma tê-la experimentado de verdade.[1]

O amplo acervo de pesquisas sobre crianças e raça demonstra que as crianças começam a construir suas ideias sobre raça de forma muito precoce. Claramente, o senso de superioridade branca e de conhecimento dos códigos de poder racial parece se desenvolver já no início da educação infantil.[2] A professora de comunicação Debian Marty descreve a criação de crianças brancas:

> Como em todas as nações ocidentais, crianças brancas nascidas nos Estados Unidos herdam o dilema moral de viver em uma sociedade supremacista branca. Criadas para viver suas vantagens raciais como justas e normais, as crianças brancas recebem pouca ou nenhuma instrução acerca do dilema que enfrentam, para não falar da total ausência de orientação sobre como resolvê-lo. Assim sendo, elas experimentam ou aprendem a respeito de tensão racial sem entender a responsabilidade histórica dos euro-americanos por ela e sem saber praticamente nada de seus papéis contemporâneos na perpetuação desse sistema.[3]

A despeito de sua onipresença, a superioridade branca também costuma ser inominada e negada pela maioria dos brancos. Se nos tornamos adultos explicitamente contrários ao racismo, como tantos, frequentemente organizamos nossa identidade em torno de uma negação de nossos privilégios de base racial que reforça a desvantagem racista para os outros. Particularmente problemático nessa contradição é que a objeção moral dos brancos aumenta a resistência deles a reconhecer sua cumplicidade. Em um contexto supremacista branco, a identidade branca baseia-se, em grande parte, numa fundação de tolerância e aceitação raciais (superficiais). Nós, os brancos que nos posicionamos como liberais, frequentemente optamos por proteger aquilo que entendemos como nossas reputações morais, em vez de reconhecer ou mudar nossa participação em sistemas de dominação e de desigualdade.

Por exemplo, em 2016, os prêmios do Oscar foram contestados por sua ausência de diversidade. Quando indagada sobre se achava que o Oscar ficara para trás por não ter indicado um só ator negro, ou atriz, pelo segundo ano consecutivo, a atriz Helen Mirren seguiu o padrão da inocência racial branca ao responder: "Simplesmente aconteceu assim". Ela também afirmou: "É injusto atacar a Academia". A atriz Charlotte Rampling chamou de "racista contra os brancos" a ideia de um boicote contra o Oscar para chamar a atenção sobre a ausência de diversidade. Ao responder desse modo, os brancos invocam o poder de decidir quando, como e em que medida o racismo deve ser enfrentado ou desafiado. Desse modo, mostrar a vantagem branca frequentemente desencadeará padrões de confusão, reações de defesa e justa indignação. Essas respostas capacitam os defensores a proteger seu caráter moral contra o percebido ataque, ao mesmo tempo rejeitando qualquer culpabilidade. Focando-se em restaurar sua posição moral por meio dessas táticas, os brancos podem evitar o desafio.[4]

Um modo de os brancos protegerem suas posições quando interpelados a respeito de raça é invocar o discurso de autodefesa. Por meio desse discurso, eles se caracterizam como vitimizados, criticados, recriminados e atacados.[5] Brancos que descrevem as interações desse modo estão respondendo apenas à articulação de contranarrativas. Que eu saiba, nunca ocorreu violência física em nenhuma discussão ou treinamento antirracial. Essas alegações de autodefesa funcionam em múltiplos níveis: identificam seus enunciatários como moralmente superiores enquanto ocultam o verdadeiro poder de suas posições sociais. As alegações culpam outros com menos poder social por seu desconforto e descrevem falsamente tal desconforto como perigoso. A abordagem de autodefesa também restabelece fantasias racistas. Ao se postarem como vítimas dos esforços antirracistas, os falantes não podem ser os beneficiários da branquitude. Ao afirmar terem sido tratados injustamente — por meio de um desafio à sua posição ou à expectativa de que deem ouvidos às perspectivas e experiências das pessoas de cor —, podem reivindicar que mais recursos sociais (como tempo e atenção) sejam canalizados em sua direção para ajudá-los a enfrentar esse abuso.

Quando dou consultoria a empresas que me pedem ajuda para recrutar e reter mão de obra mais diversa, me advertem consistentemente: esforços passados para resolver a carência de diversidade resultaram em trauma para os funcionários brancos. Esse é, literalmente, o termo usado para descrever o impacto de um seminário curto e isolado: *trauma*. E tal trauma exigiu muitos anos de completa evitação do tema e, embora os chefes da empresa se sentissem prontos a recomeçar, eu era avisada para agir devagar e com todo o tato. Naturalmente, esse trauma racial branco em resposta aos esforços pela igualdade também garantiu à empresa manter-se surpreendentemente branca.

A linguagem violenta que muitos brancos usam para descrever investidas antirracistas não é desprovida de significação, assim como é mais um exemplo de como a fragilidade branca distorce a realidade. Ao recorrer a termos que conotam abuso físico, os brancos tiram proveito da clássica história de que pessoas de cor (particularmente os negros) são perigosas e violentas. Ao fazerem isso, os brancos distorcem o real sentido do perigo entre si e os demais. Essa história se torna profundamente minimizada quando os brancos afirmam não se sentirem seguros ou estarem sob ataque quando se veem na rara situação de terem simplesmente de falar sobre raça com pessoas de cor. O uso dessa linguagem violenta ilustra quão frágil e mal preparada a maioria dos brancos é para enfrentar tensões raciais, com a subsequente projeção dessa tensão sobre as pessoas de cor.[6]

O sociólogo Eduardo Bonilla-Silva, em seu estudo sobre o racismo daltônico, descreve um aspecto da fragilidade branca:

> Pelo fato de o novo clima racial nos Estados Unidos proibir a expressão aberta de sentimentos, visões e posições com base na raça, quando os brancos discutem questões que lhes provocam desconforto, eles se tornam quase incompreensíveis.[7]

Sondar questões raciais proibidas resulta em incoerência verbal — digressões, longas pausas, repetição e autocorreções. Bonilla-Silva sugere que esse papo incoerente é uma função do falar sobre raça em um mundo que insiste em sua desimportância. Essa incoerência sugere que muitos brancos não têm preparo para explorar, mesmo em um nível preliminar, suas perspectivas raciais e trabalhar para mudar seu entendimento de racismo. Essa relutância preserva o poder branco porque a habilidade de determinar quais narrativas são autorizadas e quais estão suprimidas é o alicerce da dominação cultural. Essa relutância tem consequências adicionais, porque se os brancos não puderem explorar perspectivas raciais alternativas, eles não poderão restabelecer a perspectiva branca como universal.

Mesmo assim, os brancos se engajam no discurso racial sob condições controladas. Nós nos damos conta das posições raciais dos "outros raciais" e discutimos isso livremente entre nós, quase sempre de maneira codificada. A recusa em reconhecer diretamente essa conversa sobre raça resulta em um tipo de consciência dividida que leva à irracionalidade e à incoerência. Essa negação também garante que a desinformação racial, que circula na cultura e enquadra nossas perspectivas, permanecerá sem exame. A contínua fuga do desconforto do engajamento racial autêntico em uma cultura impregnada pela disparidade racial limita a capacidade dos brancos de formar conexões autênticas através dos limites raciais e perpetua um ciclo que mantém o racismo bem firme.

Um exemplo convincente da fragilidade branca ocorreu durante um treinamento antirracismo em uma empresa, coordenado por mim com o apoio de uma equipe inter-racial. Uma das participantes brancas deixou o treinamento e voltou para sua mesa, incomodada por receber (ou foi o que pareceu à equipe) um retorno sensível e diplomático a respeito do impacto de suas afirmações sobre várias das pessoas de cor presentes. No intervalo, vários outros participantes brancos se aproximaram de mim e de meus companheiros reportando terem falado com a mulher em sua mesa e que ela estava mesmo irritada com a contestação a suas declarações. (Obviamente, "contestadas" não foi como ela verbalizou sua preocupação. Era como se ela tivesse sido "falsamente acusada" de produzir um impacto racista.) Seus amigos queriam nos alertar do fato de ela não estar bem de saúde e poder até "sofrer um ataque cardíaco". Quando pedimos mais explicações, eles esclareceram: estavam falando literalmente. Esses colegas eram sinceros em seu temor de que a jovem pudesse mesmo morrer como resultado do *feedback*. Evidentemente, quando a notícia da situação potencialmente fatal de saúde da participante chegou ao grupo, toda a atenção imediatamente voltou a se concentrar nela e não no envolvimento com o impacto que ela provocara sobre as pessoas de cor. É como afirma o assistente social Rich Vodde: "Se o privilégio é definido como legitimação do direito de alguém a recursos, ele também pode ser definido como permissão para fugir ou evitar todas as contestações a esse direito".[8]

O equilíbrio branco é um casulo de conforto, centralidade, superioridade, prerrogativa, apatia raciais e de esquecimento, todos arraigados na identidade de pessoas boas livres do racismo. Desafiar esse casulo desordena nosso equilíbrio racial. O fato de entrar em desequilíbrio racial é tão raro que não precisamos investir na capacidade de encarar o desconforto. Por essa razão, os brancos consideram esses desafios insuportáveis e desejam sumir com eles.

A FRAGILIDADE BRANCA COMO FORMA DE ASSÉDIO

Vamos ser claros: embora a capacidade de as pessoas brancas encararem desafios a nossas posições raciais seja limitada — e, desse modo, frágil —, os efeitos de nossas respostas não são nada frágeis; são, na realidade, muito poderosos porque tomam vantagem do poder e do controle históricos e institucionais. Exercemos esse poder e controle do modo mais útil na hora de proteger nossas posições. Se precisarmos chorar para que todos os recursos voltem para nós e a atenção seja desviada de uma discussão sobre nosso racismo, então choraremos (estratégia mais comumente usada por mulheres brancas de classe média). Se necessitarmos nos sentir ofendidos e responder como se se tratasse de justo desrespeito, nós nos sentiremos. Se precisarmos discutir, minimizar, explicar, fazer as vezes de advogados do diabo, ficar amuados, nos desligar ou recuar para fazer cessar o desafio, nós o faremos.

A fragilidade branca atua como uma forma de assédio. Farei com que seja tão deplorável você me confrontar — não importa o quão diplomaticamente tente fazê-lo — que simplesmente abrirá mão, desistirá e nunca mais voltará ao assunto. A fragilidade branca mantém as pessoas de cor na linha, "em seu lugar". Esse é um modo poderoso de controle racial branco. O poder social não é fixo: ele é constantemente desafiado e precisa ser mantido. Podemos pensar nos gatilhos da fragilidade branca discutidos no Capítulo 7 como desafios ao poder e controle brancos e na fragilidade branca como forma de cessar o questionamento e preservar aquele poder e controle.

Francamente, a expressão "fragilidade branca" pretende descrever um fenômeno branco muito específico. Ela é muito mais que mera atitude defensiva ou "mimimi". Pode ser explicada como a *sociologia da dominação*, consequência da socialização dos brancos na supremacia branca e um meio de proteger, manter e reproduzir essa mesma supremacia. A expressão *não se aplica* a outros grupos que venham a expressar acusações ou qualquer outro tipo de dificuldade (por exemplo, "fragilidade estudantil").

Em minhas oficinas, sempre pergunto às pessoas de cor: "Com que frequência você deu *feedback* às pessoas brancas acerca de nosso inconsciente, mas inevitável racismo? E com que frequência isso funcionou para você?". Olhos se revirando, cabeças negando e gargalhadas se seguem, junto ao consenso expresso como *raramente, se é que aconteceu*. Então pergunto: "E como seria se vocês pudessem simplesmente nos dar *feedback,* e nós cortesmente o assimilássemos, refletíssemos e trabalhássemos para mudar nosso comportamento?". Recentemente, um homem de cor suspirou e disse: "Seria uma verdadeira revolução". Peço a meus companheiros brancos que pensem na profundidade dessa resposta. Seria *uma revolução* se pudéssemos receber, refletir e trabalhar para mudar o comportamento. Por um lado, a resposta do homem aponta o quão difíceis e frágeis somos. Mas, por outro, indica quão simples seria assumir a responsabilidade por nosso racismo. Todavia, parece que não vamos chegar lá enquanto operarmos a partir da visão de mundo dominante de que apenas as pessoas intencionalmente más podem perpetrar o racismo.

CAPÍTULO 9

A FRAGILIDADE BRANCA EM AÇÃO

Um presidente de conselho finalmente obteve autorização da escola para promover um treinamento em equidade racial para seu predominantemente branco corpo docente. Contudo, quando soube qual seria o título da oficina, recuou por não gostar de ver o termo branco sendo usado.

Quando eu era professora de pedagogia, minha universidade ficava a dezesseis quilômetros de uma cidade com aproximadamente 56% de negros e latinos. Nosso público estudantil era de 97% brancos, e muitos deles fizeram estágios nas escolas públicas dessa cidade. Em dezessete anos, meu departamento jamais contratara um membro docente não branco. Tratei insistentemente disso como um problema, mas só obtive o silêncio como resposta. Por fim, um colega branco veio à minha sala e me disse, irritado: "Toda vez que você toca nisso, é o mesmo que dizer que não somos dignos de nossos empregos".

Um branco trabalha para uma tribo indígena. O tempo todo ele faz o povo nativo para quem ele trabalha saber como ele está "cansado" de "ver injustiças". Ele não sabe por quanto tempo poderá suportar o emprego. Seus colegas de trabalho nativos se sentem pressionados a consolá-lo o tempo todo e a animá-lo a ficar.

Recebo ligação de uma empresa quase toda de brancos interessada em um treino em equidade racial. Eles querem saber como garantirei conforto aos participantes.

Acabei de fazer uma conferência de abertura sobre o significado de ser branco em uma sociedade que proclama: ser branco não representa nada — mesmo ela se mantendo profundamente separada e desigual no que se refere à raça. O foco de minha conferência recai sobre como a raça molda a identidade branca e os padrões inevitáveis daí resultantes. Uma mulher branca que trabalha com nativos norte-americanos aborda a organizadora do evento, uma mulher de cor. Está furiosa. "E os nativos norte-americanos? Você os deixou de fora!" Ela repreende a organizadora por vários minutos em uma altura de voz que posso ouvir do outro lado do palco. Quando intervenho, ela está mais calma, mas ainda me crucificando por ter deixado de fora os nativos norte-americanos — "os mais oprimidos de todos". Em nenhum momento, ela reconhece algum aspecto de minha fala que tenha a ver consigo enquanto pessoa branca, compartilha alguma reflexão que possa ter tido acerca de sua própria branquitude ou leva em conta o impacto de censurar uma mulher de cor, que, na verdade, não fizera a conferência.

COMO EX-PROFESSORA E ATUAL FACILITADORA E CONSULtora, estou em posição de dar retorno às pessoas brancas sobre como seu racismo involuntário se manifesta. Nessa posição, observei incontáveis atuações da fragilidade branca. Uma das mais comuns é o ultraje: "Como você ousa sugerir que eu possa ter dito ou feito algo racista?!". Embora sejam muito desagradáveis para mim, esses momentos também são divertidos. A razão de eu estar ali é, em primeiro lugar, a de ter sido contratada especificamente para fazer isso. Pediram-me para ajudar os membros da empresa a entenderem por que seu local de trabalho permanece branco, por que estão tendo tanta dificuldade em recrutar pessoas de cor e/ou por que as pessoas de cor contratadas pedem demissão.

Nesse ponto de minha carreira, raramente me deparo com o tipo de aberta hostilidade que enfrentei em meus primeiros tempos de facilitadora. Atribuo essa mudança aos anos de experiência por trás de minha pedagogia. É claro, pelo fato de eu também ser branca, outras pessoas brancas se tornam muito mais receptivas à mensagem.

Normalmente fico admirada com as coisas que posso dizer a grupos prioritariamente brancos. Posso descrever nossa cultura como supremacista branca e dizer coisas como: "Todos os brancos estão investidos de racismo e pactuam com o racismo" sem meus confrades brancos correrem da sala ou cambalearem pelo trauma. Naturalmente, não começo com essas afirmações. Estrategicamente, levo as pessoas a um entendimento compartilhando aquilo que quero dizer com essas alegações. Minha própria branquitude, aliada à experiência e à estratégia, conduzem a recepção geral das pessoas brancas à minha presença a anos-luz de como eu era recebida nos primeiros anos.

Pessoas brancas são receptivas à minha apresentação enquanto ela permanece abstrata. A partir do momento em que nomeio alguma dinâmica ou ação racialmente problemática que esteja acontecendo na sala *naquele momento* — por exemplo: "Sharon, você me permite um comentário? Embora eu entenda que não foi intencional, sua resposta à história de Jason invalida a experiência dele enquanto homem negro" —, a fragilidade branca irrompe. Sharon explica defensivamente estar sendo mal interpretada e, então, se retira magoada, enquanto os outros correm para defendê-la, teimando em explicar "o que ela realmente quis dizer". O propósito do *feedback* agora está perdido e horas têm de ser investidas para consertar essa falha detectada. E, obviamente, ninguém parece se preocupar com Jason. Balançando a cabeça num aceno negativo, penso: "Vocês me chamaram aqui para ajudá-los a ver seu racismo, mas, façam-me o favor!, assim não vou conseguir ajudá-los a ver nada".

No decorrer deste livro, tentei dar visibilidade às inevitáveis afirmações racistas mantidas e aos padrões exibidos por pessoas brancas condicionadas por sua vivência em uma cultura supremacista branca. Quando esses padrões recebem nomes ou são questionados, recebemos respostas previsíveis, iniciadas por um conjunto de suposições que, ao serem questionadas, disparam emoções variadas e ativam alguns comportamentos já esperados. Tais comportamentos são, então, justificados por numerosas alegações. Essas respostas, emoções, comportamentos e alegações são, a seguir, exemplificados no episódio de uma recente erupção de fragilidade branca.

Eu estava coliderando uma oficina comunitária. Como nenhum empregador a patrocinara, todos os participantes tinham se inscrito voluntariamente e pagado uma taxa de participação. Diante disso, podíamos supor que eles estivessem abertos e interessados no conteúdo. Enquanto eu trabalhava com um pequeno grupo de participantes brancos, uma mulher, que chamarei de Eva, disse que, pelo fato de ter sido criada na Alemanha, onde, segundo ela, não havia negros, nada aprendera sobre raça e não praticava o racismo. Rejeitei essa alegação, pedindo-lhe que refletisse sobre as mensagens que recebera desde sua infância sobre os habitantes da África. Com certeza, ela ouvira falar da África e tinha algumas impressões sobre as pessoas de lá, não? Será que nunca assistira a filmes de Hollywood? E se assistira, que impressão extraíra a respeito dos negros? Também lhe pedi que refletisse sobre o que assimilara de sua vida nos Estados Unidos nos últimos 23 anos, se mantivera alguma relação social com os negros daqui e, em caso negativo, por que não.

Seguimos adiante, e eu me esqueci totalmente dessa interação, até que ela se aproximou de mim ao final da oficina. Estava furiosa, dizendo ter-se sentido profundamente ofendida por nossa conversa e não ter se sentido "enxergada". "Você fez suposições sobre mim!", ela disse. Pedi desculpas, dizendo que minha intenção não era fazê-la se sentir incompreendida ou anulada. Contudo, também mantive minha contestação, afinal crescer na Alemanha não a teria impedido de absorver mensagens raciais problemáticas a respeito dos negros. Ela replicou me dizendo nunca ter visto uma pessoa negra "antes de os soldados americanos chegarem". E quando chegaram, "todas as alemãs os achavam tão lindos que queriam ter algum tipo de relação com eles". Esta era sua prova de não apoio ao racismo. Com um suspiro interno de derrota, desisti exatamente nesse ponto e repeti meu pedido de desculpas. E assim nos afastamos, mas sua raiva continuou inabalada.

Poucos meses depois, um de meus cofacilitadores fez contato com Eva para informá-la de uma oficina futura. Aparentemente, ela continuava brava, porque respondeu que nunca mais faria uma oficina coordenada por mim. Percebam que eu jamais chamei Eva ou sua história de racistas. O que fiz foi contestar sua autoimagem de pessoa imune ao racismo. Paradoxalmente, a raiva sentida por ela por eu não ter tomado suas alegações por seu valor de face emergiu no contexto de uma oficina sobre racismo de adesão voluntária, na qual ela claramente esperava poder aprofundar sua compreensão do racismo.

Comecemos, então, com as reações emocionais mais comuns dos brancos (demonstradas por Eva) quando suas posições e comportamentos são desafiados.

SENTIMENTOS

- Apontado
- Atacado
- Silenciado
- Envergonhado
- Culpado
- Acusado
- Insultado
- Julgado
- Raivoso
- Amedrontado
- Ultrajado

Quando temos esses sentimentos, é comum surgirem os seguintes comportamentos, como no caso de Eva:

COMPORTAMENTOS

- Chorar
- Ausentar-se fisicamente
- Recuar emocionalmente
- Disputar
- Negar
- Focar nas intenções
- Buscar perdão
- Evitar

Visto que essas reações e emoções são tão fortes, elas carecem de justificativas. Quais alegações esboçamos para justificar esses sentimentos e comportamentos? Algumas das alegações a seguir sugerem que o reivindicante foi falsamente acusado. Outras supõem que ele está além da discussão ("Já conheço esse papo de cabo a rabo"). Todas elas, porém, isentam a pessoa de algum engajamento ou responsabilização posteriores, como as alegações de Eva a eximiam.

ALEGAÇÕES

- Eu conheço pessoas de cor.
- Participei das marchas dos anos 1960.
- Já sei disso tudo.
- Você está me julgando.
- Você não me conhece.
- Você está generalizando.
- Essa é a sua opinião.
- Eu não concordo.
- Você não está fazendo isso do jeito certo.
- Você está usando argumento de raça.
- Isso não é acolhedor para mim.
- Você está sendo racista comigo.
- Você está me fazendo sentir culpado.
- Você está magoando meus sentimentos.
- A opressão real é a de classe [ou gênero, ou de qualquer outra coisa que não seja raça].
- Você é elitista.
- Falei apenas uma coisinha inocente.
- Tem gente que vê ofensa até onde não existe.
- Você está me interpretando mal.
- Não me sinto seguro.
- O problema é seu tom.
- Não posso nem abrir a boca.
- Não foi essa a minha intenção.
- Eu também já sofri.

Várias dessas alegações também foram feitas em um e-mail que recebi através de meu site. Os comentários a seguir são parcialmente extraídos e resumidos (as maiúsculas estão no e-mail original). A remetente começa dizendo que, ao avaliar minha faixa etária, ela avalia que não devo ter vivido as coisas por ela vividas e que, portanto, duvida seriamente de que "haja uma só coisa que você possa me dizer sobre raça". E segue exibindo suas credenciais — como viveu os acontecimentos marcantes do movimento pelos direitos civis, como estudou raça e gênero na faculdade, como conhece muitas escritoras feministas e políticos negros, além dos muitos negros que conheceu durante a vida: vizinhos, companheiros de classe e colegas. Além disso, ela também sofre da mesma doença que provocou a morte da irmã de uma amiga negra décadas atrás. A doença compartilhada parece ser a prova definitiva de sua aliança com os negros. Ela usa essas experiências e relações como prova de ter sido capaz de largar todo racismo que pudesse ter alimentado: "Todas as coisas que você diz que os brancos 'absorvem'? Eu as tive todas extirpadas de mim no decorrer de minha vida e formação". Seus movimentos seguintes tiram a raça do foco de discussão e a substituem pela opressão que ela vive, o sexismo: "Não, não quero mais falar de raça. Quero falar sobre GÊNERO". E encerra rejeitando qualquer tipo de engajamento, dizendo que não leria nenhuma resposta que eu lhe mandasse.

Tenho certeza de que alguns desses sentimentos, comportamentos e alegações ilustrados nesse e-mail serão familiares aos leitores brancos. Todos temos alguma versão pessoal deles ou os ouvimos de outros. Assim como raramente examinamos ou consideramos problemáticos tantos outros aspectos do racismo. Então, vamos abaixo da superfície para examinar a estrutura das suposições sobre a qual se erguem muitas dessas alegações.

SUPOSIÇÕES

- O racismo é um preconceito meramente pessoal.
- Estou livre do racismo.
- Eu é que decidirei se pratiquei racismo.
- Meu aprendizado está completo; sei tudo de que preciso.
- Racismo é sempre intencional; meu racismo involuntário cancela o impacto de meu comportamento.
- Meu sofrimento me liberta do racismo ou do privilégio racial.

- Brancos que passam por outra forma de opressão não têm a experiência do privilégio racial.
- Se sou uma boa pessoa, não posso ser racista.
- Tenho direito a permanecer confortável/ter essa conversa da maneira que eu quiser tê-la.
- O mais importante é como os outros me veem.
- Como uma pessoa branca, conheço o melhor caminho de impugnar o racismo.
- Se estou me sentindo desafiado, você está agindo errado.
- Não é de bom-tom fazer o racismo ser notado.
- Racismo é uma propensão consciente. Como não a tenho, não sou racista.
- Racistas são maus indivíduos, logo, você está me chamando de má pessoa.
- Se você me conhecesse, ou me entendesse, saberia que não tenho a menor chance de ser racista.
- Tenho amigos de cor. Como vou ser racista?
- Não há nenhum problema. A sociedade está bem da maneira que é.
- O racismo é um problema simples. As pessoas só precisam...
- Minha visão de mundo é objetiva e a única em vigor.
- Se não posso ver, não é legítimo.
- Se diz conhecer o assunto melhor do que eu, você se acha melhor do que eu.

Agora que identificamos as suposições subjacentes que geram esses sentimentos, comportamentos e alegações, é hora de ver como eles funcionam.

FUNÇÕES DA FRAGILIDADE BRANCA

- Manter a solidariedade branca.
- Bloquear a autorreflexão.
- Trivializar a realidade do racismo.
- Silenciar a discussão.

- Fazer os brancos de vítimas.
- Sequestrar a conversa.
- Defender uma visão de mundo limitada.
- Tirar de cena o tema da raça.
- Proteger o privilégio branco.
- Focar no mensageiro, não na mensagem.
- Mobilizar mais recursos para os brancos.

Esses comportamentos e as suposições que os embasam, na verdade, não apresentam quem os reivindica como racialmente abertos; é justamente o contrário. Eles bloqueiam a entrada de todo e qualquer tópico de reflexão e comprometimento. Além do mais, são obstáculo à capacidade de reparar a brecha racial. Eles atiçam as divisões raciais, assim como fazem a hostilidade e o ressentimento fervilharem. Em resumo, as suposições raciais brancas prevalentes e os comportamentos que elas engendram protegem o racismo.

CAPÍTULO 10

A FRAGILIDADE BRANCA E AS REGRAS DE ENGAJAMENTO

DIANTE DO CONCEITO DOMINANTE DO RACISMO COMO ATOS individuais de crueldade, segue-se que apenas pessoas terríveis conscientemente avessas a pessoas de cor praticam racismo. Embora essa definição careça de embasamento, ela não é inofensiva. Na verdade, funciona lindamente para tornar praticamente impossível dar início ao necessário diálogo e à autorreflexão que podem levar à mudança. O escândalo diante da sugestão de racismo frequentemente se faz seguir de justa indignação quanto à maneira de dar *feedback*. Depois de anos trabalhando com meus colaboradores brancos, descobri (assim como, estou certa disso, muitas pessoas de cor descobriram) um conjunto de regras não ditas sobre como dar retorno às pessoas brancas de nossas inevitáveis e quase sempre inconscientes posições e padrões racistas. Descobri que o único modo de dar *feedback* sem acionar a fragilidade branca é simplesmente não dá-lo. Por isso, a primeira regra é fundamental:

1. Não me dê *feedback* de meu racismo em nenhuma circunstância.

Se você insistir em quebrar a regra principal, deve seguir então estas outras:

2. Um tom adequado é crucial — dê retorno calmamente. Se alguma emoção for exibida, o *feedback* se invalida e pode ser desconsiderado.
3. Deve haver confiança entre nós. Você precisa ter certeza de que não sou racista de maneira alguma antes de me dar retorno sobre meu racismo.
4. Nosso relacionamento deve ser imune a problemas — se houver questões entre nós, você não pode me dar *feedback* sobre racismo enquanto essas questões não relacionadas não estiverem resolvidas.
5. O retorno deve ser dado no ato. Se você esperar demais, ele não será levado em conta por não ter sido dado antes.
6. Você deve dar o *feedback* privadamente, a despeito de o acontecimento ter ocorrido diante de outras pessoas. Dar retorno diante de outras pessoas envolvidas na situação é cometer uma grave transgressão social. Se você não pode me proteger de constrangimentos, o *feedback* será inválido, e você é que será o transgressor.
7. Você deve ser o mais indireto possível. Objetividade é insensibilidade, invalidará seu *feedback* e exigirá reparo.
8. Como pessoa branca, tenho de me sentir completamente segura durante qualquer discussão de raça. Sugerir que tenho posições ou padrões racistas me causará insegurança, e então você terá de recompor minha confiança nunca mais me dando *feedback*. Esclarecimento: quando digo "seguro", quero mesmo dizer é "confortável".
9. Enfatizar meu privilégio racial invalida a forma de opressão que *eu* vivencio (por exemplo, classismo, sexismo, heterossexismo, discriminação por idade, capacitismo, transfobia). Teremos então de voltar nossa atenção para o modo como *você* oprimiu *a mim*.
10. Você deve reconhecer minhas (sempre boas) intenções e concordar: minhas boas intenções cancelam as consequências de meu comportamento.
11. Sugerir que meu comportamento teve impacto racista é me interpretar mal. Você precisará permitir que eu me explique até conseguir reconhecer que a má interpretação foi *sua*.

As contradições nessas regras são irrelevantes; sua função é ocultar o racismo, proteger a dominação branca e retomar o equilíbrio branco. E elas efetivamente fazem isso. Mesmo partindo de uma compreensão do racismo como um sistema desigual de poder institucional, precisamos nos perguntar de onde essas regras provêm e a quem servem.

Muitos de nós, trabalhando ativamente para a quebra do racismo, ouvimos contínuas queixas sobre a cultura do "te peguei" do antirracismo branco. Às vezes, somos pintados como quem caça todo e qualquer incidente que possamos achar só para poder pular em cima, apontar nosso dedo e gritar: "Você é um racista!". Apesar de, certamente, algumas pessoas brancas arrogantemente se situarem à parte de outros brancos agindo desse modo, em minha experiência, essa não é a regra. A depender de quando e como tiverem de dar *feedback* a um semelhante branco, é muito mais comum as pessoas brancas se martirizarem, dada a onipresença da fragilidade branca, que pune o autor do retorno e o pressiona a manter o silêncio. Ela também preserva a solidariedade branca — o acordo tácito que protegerá o privilégio branco e não considerará o outro imputável por um racismo que é nosso. Quando o indivíduo que dá o *feedback* é uma pessoa de cor, a acusação é "está jogando com a questão da raça", e as consequências da fragilidade branca são muito mais pesadas.

O racismo é mais a norma que uma aberração. O retorno é essencial para nossa capacidade de reconhecer e reparar nosso inevitável e, por vezes, despercebido conluio. Sabendo disso, tento seguir estas orientações:

1. Como, onde e quando você me dá *feedback* é irrelevante — é o retorno que eu quero, é dele que preciso. Por entender que é difícil dá-lo, eu o assumirei do modo como me seja dado. A partir de minha posição social, cultural e institucional de privilégio e poder brancos, estou perfeitamente a salvo e consigo lidar com ele. Se não conseguir, *cabe a mim* construir minha capacidade de resistência racial.
2. Muito obrigada.

As orientações acima se baseiam no entendimento de que não há mais pele a ser salva, de que o jogo acabou: sei que tenho pontos cegos e investimentos inconscientes no racismo. Meus investimentos são reforçados todos os dias pela sociedade dominante. Não configurei esse sistema, mas ele me beneficia injustamente, eu uso suas vantagens e sou responsável por embargá-lo. Tenho de trabalhar muito para mudar meu papel nesse sistema, mas não posso fazer isso sozinha. Esse entendimento me leva a ser grata quando outros me ajudam.

A fragilidade branca também se evidencia na necessidade de tantos progressistas brancos "construírem a confiança" antes de poderem encarar o racismo em oficinas, grupos de apoio e outros fóruns educativos. Muitos dos envolvidos em educação para a justiça racial reconhecerão esse apelo branco pela confiança racial, que emerge de várias maneiras: facilitadores dedicando tempo a exercícios para construir confiança, criar regras e orientações básicas para gerar confiança e justificativas dos participantes para o não engajamento (por exemplo, "não vou compartilhar porque não me sinto confiante aqui"). Perguntei a muitos colegas o que exatamente as pessoas brancas semelhantes querem dizer com o apelo à confiança. Tenho certeza de que a necessidade de confiança não tem a ver com sua carteira ser furtada ou com ser fisicamente atacado, embora em um nível subconsciente seja exatamente essa a questão quando o grupo é racialmente misto, dado o poder da tendência implícita e do condicionamento implacavelmente racista que os brancos recebem. Mesmo assim, acredito que o ponto de chegada é o seguinte: preciso acreditar que você não vai me rotular de racista antes de eu poder trabalhar meu racismo.

Leve em conta as seguintes orientações gerais, que têm "construir a confiança" em sua base:

- *Não julgue*: abster-se de julgamento é humanamente impossível. Logo, como essa orientação não pode ser cumprida ou reforçada, ela é funcionalmente insignificante.
- *Não faça suposições*: a natureza de uma suposição é você não saber que está fazendo uma. Logo, como essa orientação não pode ser cumprida ou reforçada, ela é funcionalmente insignificante.

- *Assuma suas boas intenções*: ao enfatizar as intenções a respeito do impacto sobre o outro, essa orientação privilegia as intenções do agressor, em detrimento do impacto de seu comportamento sobre o alvo. Ao fazer isso, as intenções do agressor se tornam a questão mais importante. Essencialmente, essa orientação diz às vítimas: enquanto não houver intenção de causar dano, elas têm de deixar de mágoa e seguir adiante. Ao fazer isso, essa orientação preserva a inocência racial branca ao mesmo tempo que minimiza o impacto do racismo sobre as pessoas de cor.
- *Fale a verdade*: o conselho para falar a verdade parece ser uma orientação desnecessária. Não vi um padrão de mentira nesses grupos. Terei visto atitude defensiva, comportamento distante, silêncio, fuga de assumir riscos? Sim. Mas observei pessoas não falando a verdade? Nunca. E, o mais importante: e se a sua verdade é você ser daltônico racial? Pelo fato de ninguém poder ser realmente daltônico em uma sociedade racista, essa alegação não é verdadeira, é uma falsa crença. Embora essa orientação possa situar todas as crenças como verdades e, enquanto tais, igualmente válidas. Visto que o propósito da ação antirracista é identificar e desafiar o racismo e *a desinformação que o funda*, todas as perspectivas *não* são igualmente válidas; algumas lançam raízes na ideologia racista e precisam ser descobertas e impugnadas. Temos de distinguir entre partilhar as próprias crenças, de modo a podermos identificar como elas podem estar defendendo o racismo, e expressar as próprias crenças como "verdades" inexpugnáveis.
- *Respeito*: o problema com essa orientação é que respeito é raramente definido. O que pode parecer respeitoso para os brancos pode ser exatamente o que não cria um ambiente respeitoso para pessoas de cor. Por exemplo, os brancos quase sempre definem como respeitoso um ambiente sem conflitos, sem expressão de forte emoção, sem desafio aos padrões racistas e com foco nas intenções e não no impacto provocado. Uma atmosfera dessas é exatamente o que cria um ambiente inautêntico, centrado na norma branca, logo, hostil às pessoas de cor.

A suposição não analisada subjacente a essas orientações é que elas podem ser universalmente aplicadas. Porém, pelo fato de não darem conta das relações desiguais de poder, não funcionam do mesmo modo quando se trata de raça. Essas orientações são primariamente motivadas pela fragilidade branca e são acomodações feitas para favorecê-la. As condições nas quais a maioria dos brancos insiste para se manter confortável são aquelas que apoiam o *status quo* racial (centralidade branca, dominação e inocência permanentemente presumida). Para as pessoas de cor, o *status quo* racial é hostil e tem de ser suspenso, não reforçado. A mensagem essencial de confiança é *ser alguém legal* e, segundo as normas brancas dominantes, a sugestão de que alguém é racista não é "legal".

Orientações como essas acima também podem ser usadas contra as pessoas de cor: "Ao desafiar meus padrões raciais, você está presumindo que o que eu fiz se fundamenta no racismo e você não pode fazer suposições". Ou: "Você está negando minha verdade de que raça não tem nada a ver com minhas ações". Agora *você* é o transgressor. Essas condições reproduzem o peso do racismo a ser constantemente carregado pelas pessoas de cor: deixar de lado suas próprias necessidades para se concentrarem nas necessidades dos brancos. Um antídoto contra a fragilidade branca é construir nossa capacidade de resistência para dar testemunho da dor do racismo que nós causamos, não impor condições que exijam das pessoas de cor contínua validação de nossa negativa.

É óbvio que poderíamos nos orientar idealmente um ao outro nesse trabalho com compaixão. É muito mais fácil olhar para algo indesejado dentro de nós mesmos se não nos sentirmos julgados ou criticados. Porém, e se alguém literalmente nos aponta o dedo e diz com audácia: "Você é racista"?. (Essa acusação é um medo profundo para brancos progressistas.) Ainda cabe a mim identificar meus padrões racistas e trabalhar para mudá-los. Se o ponto em questão tem a ver com esse objetivo, então, a despeito de quão cuidadosa ou indiretamente ele seja abordado, preciso me concentrar no ponto em seu todo. O método de abordagem não pode ser usado para deslegitimar o que está sendo destacado ou como desculpa para o descomprometimento.

Não nos concentrarmos no mensageiro e nos focarmos na mensagem é uma habilidade avançada e especialmente difícil de praticar se alguém nos aborda com um tom moralista. Se a gentileza nos fizer chegar lá mais rápido, prefiro! Mas não exijo nada de alguém que me dê *feedback* antes de eu poder me empenhar nele. Parte de meu processo desse retorno será separá-lo do modo como chegou até mim e averiguar seu ponto central e sua contribuição para meu crescimento. Muitos de nós não conseguem agir assim ainda, mas é nisso que precisamos insistir. Participei de muitos grupos de justiça racial em que os participantes gastavam muita energia tentando garantir que as pessoas fossem ternas e compassivas em relação às outras e não "quebrassem a confiança". Tanta energia que nem conseguíamos mais continuar ajudando os outros a verem nossos padrões problemáticos sem quebrar as normas do grupo. Desse modo, a menos que a delicadeza esteja combinada com clareza e coragem de nomear e desafiar o racismo, essa abordagem apenas protege a fragilidade branca e precisa ser interpelada.

Como venho tentando mostrar neste livro, os brancos educados na sociedade ocidental estão condicionados a uma visão de mundo supremacista branca, exatamente o alicerce de nossa sociedade e de suas instituições. Independentemente de seus pais lhe terem dito que todos somos iguais, ou de o cartaz na parede de sua escola de classe média branca ter proclamado o valor da diversidade, ou de você ter ido ao exterior, ou de você conviver com pessoas de cor em seu trabalho ou família, o poder socializante onipresente da supremacia branca não pode ser evitado. A mensagem circula 24 horas por dia, sete dias por semana e tem pouco ou nada a ver com intenções, conscientização ou consentimento. Começar uma conversa com esse entendimento é libertador, é algo que nos permite nos concentrar em *como* — mais do que em *se* — nosso racismo se manifesta. Quando vamos além do binário bom/mau, nos tornamos ávidos para identificar nossos padrões racistas porque interrompê-los passa a ser mais importante do que administrar a maneira como os outros nos veem.

Repito: quebrar nossos padrões racistas deve ser mais importante do que trabalhar para convencer os outros de que não os possuímos. Nós os temos, e as pessoas de cor sabem disso; nossos esforços para provar o contrário não são convincentes. Uma honesta responsabilização por esses padrões não é tarefa das menores, dado o poder da fragilidade e da solidariedade brancas, mas ela é necessária.

CAPÍTULO 11

LÁGRIMAS DE MULHERES BRANCAS

Mas você é minha irmã, e eu compartilho a sua dor!

A EXPRESSÃO *LÁGRIMAS BRANCAS* REFERE-SE A TODOS OS modos, tanto literais quanto metafóricos, de manifestação da fragilidade branca por meio dos lamentos dos brancos a respeito da dureza do racismo sobre *nós*. Em meu trabalho, me deparo sempre com essas lágrimas em suas várias formas, e muitos escritores já as criticaram de modo excelente.[1] Aqui, quero tratar de uma de suas manifestações: as lágrimas vertidas por mulheres brancas em circunstâncias inter-raciais. O exemplo a seguir registra tanto a frustração vivida por pessoas de cor diante dessas lágrimas quanto o sentimento das mulheres brancas de estarem no direito de vertê-las livremente.

Quando a polícia atirou mais uma vez em um negro desarmado, minha empresa convidou para um almoço informal pessoas que quisessem estar juntas e encontrar apoio. Pouco antes da reunião, uma mulher de cor me puxou de lado e me disse que gostaria de participar, mas não estava "no clima para aguentar lágrimas de mulheres brancas hoje". Garanti a ela que eu cuidaria desse assunto. Quando a reunião começou, eu disse aos brancos presentes que, se sentissem vontade de chorar, deixassem a sala. Eu os acompanharia para apoiá-los, mas pedi que não chorassem no grupo misto. Depois da discussão, gastei a hora seguinte explicando a uma participante branca furiosa por que eu lhe solicitara não chorar diante das pessoas de cor.

Expressar nossas emoções sinceras — especialmente quando relacionadas a injustiças raciais — é um valor progressista importante. Reprimir nossos sentimentos parece em contradição com estar presente, compassivo e compreensivo. Então por que minha colega de cor teria feito essa exigência? Em poucas palavras, lágrimas de mulheres brancas têm um poderoso impacto nesse cenário, restabelecendo, em vez de minimizando, o racismo.

Muitos de nós veem as emoções como ocorrências naturais, mas elas são políticas em dois modos fundamentais. Primeiro, nossas emoções são moldadas por nossas tendências e crenças, nossos enquadramentos culturais. Por exemplo, se creio — consciente ou inconscientemente — que é normal e apropriado homens exprimirem sua raiva, mas não as mulheres, darei respostas emocionais muito distintas às expressões de raiva de homens e de mulheres. Verei um homem que exprime sua raiva como competente, responsável e merecedor de meu respeito, e uma mulher que faça o mesmo como infantil e descontrolada, sendo merecedora de meu desdém. Se acredito que só as pessoas más são racistas, me sentirei magoada, ofendida e envergonhada quando uma suposição racista inconsciente que eu tenha feito é apontada. Se, em vez disso, acredito que ter posições racistas é inevitável (mas possível de mudar), agradecerei quando uma suposição racista inconsciente for assinalada, porque agora tenho consciência e posso mudar essa posição. Desse modo, emoções não são naturais; são resultado de estruturas que usamos para dar sentido às relações sociais. E, evidentemente, as relações sociais são políticas. Nossas emoções também, porque são frequentemente externadas e incitam comportamentos com impacto sobre os outros.

Lágrimas de mulheres brancas em interações inter-raciais são problemáticas por várias razões decorrentes de seu impacto sobre os demais. Por exemplo, há um longo pano de fundo histórico de negros sendo torturados e assassinados por conta de sofrimentos de uma mulher branca, e nós, mulheres brancas, carregamos essas histórias conosco. Nossas lágrimas disparam o terrorismo dessa história, especialmente para com os negros. Um exemplo claro e devastador é o de Emmett Till, um garoto de catorze anos acusado de ter paquerado uma mulher branca — Carolyn Bryant — em uma mercearia no Mississípi, em 1955. Ela contou esse pretenso flerte a seu marido, Roy Bryant. Poucos dias depois, Roy e seu meio-irmão, J. W. Milam, lincharam Till, depois de tê-lo sequestrado da casa de seu tio-avô. Eles o espancaram até a morte, mutilaram seu corpo e o afogaram no rio Tallahatchie. Um júri cem por cento branco absolveu os dois brancos, que posteriormente confessaram o assassinato. Em 2007, Carolyn Bryant se retratou da história e admitiu ter mentido. O assassinato de Emmett Till é só um exemplo histórico que dá origem a um provérbio muitas vezes repetido por meus colegas negros: "Quando uma mulher branca chora, um homem negro sofre". Não conhecer ou não ser sensível a essa história é outro exemplo da centralidade, individualismo e falta de humildade racial dos brancos.

Por conta dessa inocência aparente, bem-intencionadas mulheres brancas chorando durante interações inter-raciais é uma das mais perniciosas encenações da fragilidade branca. As razões pelas quais choramos durante essas interações variam. Por não saber que o racismo branco inconsciente é inevitável, ouvimos o *feedback* como um juízo moral e nos magoamos. Um exemplo clássico se deu durante uma oficina que coministrei. Um negro que estava se esforçando para exprimir um tópico se referiu a si mesmo como "burro". Minha cofacilitadora, negra, gentilmente objetou: ele não era burro. A sociedade é que o fazia pensar assim. Enquanto ela explicava o poder do racismo internalizado, uma mulher branca a interrompeu: "O que ele estava tentando dizer era...". Quando minha cofacilitadora destacou que ela acabara de reforçar a ideia racista de que uma mulher branca podia falar melhor que um homem negro, ela se desmanchou em lágrimas. O treinamento foi completamente interrompido porque quase toda a sala correu para confortá-la, acusando a facilitadora negra de injustiça. (Mesmo que os participantes estivessem ali para aprender como o racismo funciona, era um completo abuso da facilitadora apontar um exemplo de como o racismo funciona!) Enquanto isso, o negro por quem a mulher branca falara ficou sozinho, vendo-a ser consolada.

Uma colega de cor compartilhou um exemplo no qual uma mulher branca — não familiarizada com determinada organização promotora de justiça racial — foi convidada para ocupar o posto de supervisora de mulheres de cor que trabalhavam ali havia anos e a tinham treinado. Quando a promoção foi anunciada, a mulher branca requisitou chorosamente o apoio das mulheres de cor para poder embarcar em sua nova etapa de aprendizado. A nova supervisora provavelmente via em suas lágrimas uma expressão de humildade diante dos limites de seu conhecimento racial e do esperado apoio resultante disso. As mulheres de cor tinham de lidar com a injustiça da promoção, a invalidação de suas habilidades e a falta de consciência racial da pessoa branca agora encarregada de sua subsistência. Mesmo tendo de administrar suas próprias reações emocionais, foram postas numa situação difícil; se não fizessem algum gesto de conforto, corriam o risco de serem vistas como rancorosas e insensíveis.

Intencionalmente ou não, quando uma mulher branca chora diante de alguma manifestação do racismo, toda a atenção imediatamente se volta para ela, exigindo tempo, energia e atenção de todos os presentes à situação, quando todos deviam estar concentrados em reduzir o racismo. Enquanto ela recebe atenção, as pessoas de cor são, mais uma vez, abandonadas e/ou incriminadas. É o que afirma Stacey Patton, professora assistente de jornalismo multimídia na Escola de Jornalismo e Comunicação Global da Universidade Estadual de Morgan, em sua crítica às lágrimas das mulheres brancas: "Então vem a expectativa de que as confortemos e lhes asseguremos de que não são más pessoas".[2] O estrategista e facilitador antirracista Reagen Price parafraseia uma analogia baseada na obra da pesquisadora crítica de raça Kimberlé Crenshaw. Price diz: "Imagine socorristas na cena de um acidente correndo para confortar o motorista que atropelou um pedestre, enquanto o acidentado permanece no chão, caído e sangrando". Em um movimento comum, mas especialmente subversivo, o racismo passa a dizer respeito a: angústia, sofrimento e vitimização dos brancos.

Homens brancos, evidentemente, também são racialmente frágeis, mas nunca vi sua fragilidade se manifestar durante discussões inter-raciais como choro real. É muito mais comum sua fragilidade se mostrar em formas variantes de dominação e intimidação, incluindo as seguintes:

- Controle da conversa ao falar primeiro e por último e mais frequentemente.
- Invalidação arrogante e dissimulada da desigualdade racial apenas "fazendo o papel de advogado do diabo".
- Proclamações simplistas e presunçosas da "resposta" para o racismo ("As pessoas só precisam de...").
- Representação do papel de vítimas ultrajadas pelo "racismo reverso".
- Acusações de que a lendária "carta da raça" entrou em jogo.
- Silêncio e supressão.
- Linguagem corporal hostil.
- Troca de canal ("A verdadeira opressão é a de classe!").
- Intelectualização e distanciamento ("Recomendo esse livro...").
- "Correção" da análise racial das pessoas de cor e das mulheres brancas.
- Minimização pomposa do racismo e das experiências das pessoas de cor.

Todos esses movimentos empurram o tema da raça para fora de cena, ajudam os homens brancos a manterem o controle da discussão, a acabarem com a contestação a suas posições, reafirmando seu domínio.

Pelo fato de o racismo não depender apenas de atores individuais, o sistema racista se reproduz automaticamente. Para interrompê-lo, precisamos reconhecer e desafiar as normas, estruturas e instituições que o mantêm em vigor. Todavia, pelo fato de elas nos beneficiarem, as relações racialmente desiguais são confortáveis para a maioria branca. Consequentemente, se nós, os brancos, quisermos interromper esse sistema, temos de chegar a estar racialmente *desconfortáveis* e desejosos de examinar os efeitos de nosso envolvimento racial. Isso inclui não ceder a nenhuma reação que possamos vir a ter — raiva, atitude defensiva, autopiedade e outras — em determinado encontro inter-racial, sem antes refletir sobre o que está impulsionando nossas reações e como elas afetarão as demais pessoas.

Lágrimas produzidas pela culpa branca são autoindulgentes. Quando estamos atolados em culpa, somos narcisistas e ineficientes. A culpa funciona como uma desculpa para a inação. E, além disso, pelo fato de termos raríssimas relações inter-raciais autênticas e duradouras, nossas lágrimas não são sentidas como solidariedade para com as pessoas de cor, que jamais apoiamos antes. Nossas lágrimas funcionam, em vez disso, como reflexos impotentes que não levam à ação construtiva. Temos de refletir sobre quando chorar, quando não e por quê. Em outras palavras, o que se faz necessário para nos emocionar? Visto que muitos de nós não aprendemos como o racismo funciona e qual nosso papel nele, nossas lágrimas podem provir do choque e do desconforto diante do que não sabemos ou não reconhecemos.

Perguntei à mulher de cor com quem abri este capítulo se eu estava deixando de pôr algo nessa lista. Segue-se sua resposta:

> Dá raiva por causa da audácia de desrespeitar nossa experiência. Você está chorando porque se sente desconfortável diante de nossos sentimentos, mas nós mal temos licença para ter algum sentimento. Você está envergonhada, ou algo do tipo, e chora, mas nós não temos permissão de ter nenhum sentimento porque, se tivermos, estaremos sendo difíceis. Espera-se que sejamos estoicas e fortes porque, de outro modo, nos tornamos pessoas de cor raivosas e amedrontadoras. Só podemos ter sentimentos que sirvam para divertir você. E, mesmo aí, espera-se que exprimamos o que nos seja permitido exprimir. Somos abusadas todo dia, espancadas, violentadas e mortas, mas você está triste e isso é o que importa. Isso é que é o difícil de suportar.

Seguramente também cheguei a chorar, durante discussões inter-raciais, diante da história de alguém. E imagino que, às vezes, lágrimas sejam bem-vindas e podem validar e dar testemunho da dor do racismo para com as pessoas de cor. Porém, tento ser muito cuidadosa a respeito de como e onde choro. Tento chorar silenciosamente, sem querer chamar toda a atenção para mim. Se as pessoas correm para me confortar, não aceito o consolo, fazendo-os saber que estou bem, e assim seguimos adiante.

OS HOMENS QUE NOS AMAM

Em acréscimo à dinâmica geral que discutimos até aqui, as lágrimas de mulheres brancas em discussões inter-raciais têm um efeito muito específico sobre os homens. Vi nossas lágrimas manipularem homens de todas as raças, mas as consequências dessa manipulação não são as mesmas. Os homens brancos ocupam as posições mais altas na hierarquia de gênero e de raça. Logo, eles têm o poder de definir sua própria realidade e a dos demais. Tal realidade inclui não apenas quais experiências são válidas, mas *quem* é fundamentalmente válido. No quadro racial branco, nem todas as mulheres são consideradas merecedoras de reconhecimento. Por exemplo, contrariamente à mitologia branca popular, as mulheres brancas — não as pessoas de cor — foram as beneficiárias primeiras da ação afirmativa. Quando forçados a fazê-lo, os homens brancos puderam reconhecer a humanidade das mulheres brancas: elas eram suas irmãs, esposas e filhas. E, naturalmente, no decorrer dessas relações, as mulheres brancas aumentaram o acesso a recursos que beneficiaram os homens brancos. Essa mesma humanidade ainda está para ser assegurada às mulheres de cor.

Os homens brancos também definem o que constitui a dor e qual é a dor ilegítima. Quando os homens brancos chegam para resgatar mulheres brancas em contextos inter-raciais, o patriarcado é fortalecido, visto que eles agem como os salvadores de nossa donzela em perigo. Ao legitimar as mulheres brancas como os alvos de perigo, tanto homens quanto mulheres brancos aumentam o capital social. As pessoas de cor são abandonadas e legadas ao papel de testemunhas, enquanto os recursos são postos a serviço do enriquecimento das pessoas brancas — mais uma vez — à custa das pessoas de cor.

Os homens de cor também podem vir em socorro das mulheres brancas nesses intercâmbios, também movidos por seu condicionamento promovido pelo sexismo e pelo patriarcado. Contudo, os homens de cor têm o peso adicional do racismo para enfrentar. Esse peso tem sido historicamente mortal. Para os negros especialmente, o fantasma de Emmett Till e de vários outros espancados e mortos depois das queixas de perturbação racial da parte de mulheres brancas se faz sempre presente. Minimizar a angústia de uma mulher branca tão rapidamente quanto possível pode ser literalmente considerado uma questão de sobrevivência. Mesmo assim, resgatar uma mulher branca também conduz a uma fenda entre homens e mulheres de cor. Em lugar de receber um capital social que reforce seu *status*, um homem de cor posto nessa posição agora tem de viver na agonia de ter de apoiar uma mulher branca em lugar de uma pessoa de cor para poder sobreviver.

As pessoas brancas precisam sentir pesar pela brutalidade da supremacia branca e por nosso papel nela. De fato, nosso entorpecimento diante da injustiça racial cotidiana é a chave para mantê-la em ação, mas nossa aflição deve conduzir a uma ação efetiva e transformadora. Pelo fato de nossas emoções serem indicativas de nossas estruturas internas, elas podem servir de portas de entrada para uma autoconsciência mais profunda que leve a essa ação. Examinar o que está na base de nossas emoções (vergonha de não saber, remorso por magoar alguém, mágoa por acharmos que somos mal interpretados) nos habilitará a abordar essas estruturas. Também precisamos examinar nossas respostas às emoções das outras pessoas e o modo como elas podem restabelecer as hierarquias de raça e de gênero. Nossa socialização racial nos prepara para repetir o comportamento racista, a despeito de nossas intenções ou autoimagem. Temos de continuar nos perguntando *como* nosso racismo se manifesta, não *se* ele se manifesta.

CAPÍTULO 12

PARA ONDE AGORA, A PARTIR DAQUI?

A equipe de igualdade fora convidada para uma reunião com a desenvolvedora do novo site de nossa empresa. A equipe é formada por duas mulheres negras e eu. A nova desenvolvedora web, também negra, quis nos entrevistar para poder desenhar nosso site. Ela começou a reunião dando-nos um formulário para responder. Muitas perguntas incidiam sobre nosso público-alvo, métodos, objetivos e metas. Achei as perguntas entediantes, até me irritei com elas. Empurrando a pesquisa para o lado, tentei me explicar verbalmente, dizendo à web designer que costumamos ir a escritórios satélites para oferecer treinamentos antirracistas. Acrescentei que o treinamento nem sempre é bem recebido. De fato, um membro de nossa equipe foi aconselhado a não retornar lá. E fiz uma piada: "Os brancos ficaram com medo do cabelo de Deborah" (que é negra e tem tranças afro). A reunião acabou e seguimos em frente.

Poucos dias depois, um dos membros de minha equipe me contou que a web designer — que chamarei de Angela — se ofendera com meu comentário capilar. Como eu não tinha prestado atenção no momento, uma vez informada, rapidamente entendi por que o comentário estava circulando. Procurei uma amiga branca detentora de sólido entendimento das dinâmicas inter-raciais. Discutimos meus sentimentos (constrangimento, vergonha, culpa) e então ela me ajudou a identificar as várias formas de manifestação de meu racismo naquela interação. Depois desse processo, me senti pronta para restaurar a relação. Pedi a Angela que se encontrasse comigo. Ela aceitou.

Comecei lhe perguntando: "Você estaria disposta a me dar a oportunidade de reparar o racismo que cometi com você naquela reunião?". Ela concordou, eu continuei: "Vejo que meu comentário sobre o cabelo de Deborah foi totalmente inadequado".

Angela concordou balançando a cabeça e explicou que não me conhecia e não queria fazer piada com o cabelo de uma negra (questão delicada para muitas mulheres negras) com uma branca com quem ela não tinha uma relação de confiança, menos ainda em uma reunião de trabalho.

Pedi desculpas e lhe perguntei se eu passara por cima de algum outro aspecto problemático naquela reunião.

"Sim", respondeu ela. "Aquela pesquisa? Eu a escrevi e venho gastando minha vida para justificar minha inteligência diante de pessoas brancas."

Meu peito se apertou assim que me dei conta do impacto da dispensa simplista que fiz da pesquisa. Reconheci o impacto e me desculpei.

Ela aceitou minhas desculpas. Perguntei a Angela se havia ainda algo mais que precisasse ser dito ou ouvido para podermos ir adiante.

Ela respondeu que existia sim. "Da próxima vez que você fizer algo semelhante, gostaria de receber feedback pública ou privadamente?", perguntou.

Respondi que, dado meu papel de educadora, eu agradeceria receber o feedback publicamente, porque é importante para as pessoas brancas verem que também estou comprometida em um processo de aprendizado e crescimento por toda a vida. E eu poderia servir de modelo para outras pessoas brancas sobre como receber feedback abertamente e sem atitude defensiva.

Ela me disse que embora essas dinâmicas aconteçam cotidianamente entre pessoas brancas e pessoas de cor, minha disponibilidade de reparação não era a comum e que me agradecia por isso. E seguimos adiante.

NO CAPÍTULO 9, IDENTIFIQUEI AS EMOÇÕES, COMPORTAMEN-tos e alegações comuns, além das suposições da fragilidade branca. Neste capítulo, veremos como esses elementos poderiam mudar se conseguíssemos transformar nosso paradigma racial.

Tenho dificuldade em imaginar que minha supramencionada interação com Angela tivesse sido tão construtiva se tivesse acontecido antes de eu começar esta obra. Eu simplesmente não poderia e não teria respondido bem se estivesse operando a partir do paradigma dominante. Quando minha colaboradora me contou que Angela poderia ficar ofendida, eu teria ficado muito ansiosa e explicado imediatamente minhas intenções a minha colaboradora, buscando sua compreensão e absolvição. Eu teria me sentido injustamente acusada e me considerado vítima da parcialidade de Angela. E ao responder assim, eu teria perdido toda potencial relação com ela, protegida por minha visão de mundo limitada, e atrofiado meu crescimento emocional e intelectual. Mesmo assim, dia após dia, essa reação defensiva é o que as pessoas de cor obtêm das pessoas brancas, e isso explica por que elas, mais frequentemente que nunca, nem ao menos tentam falar conosco.

Contudo, a partir de um paradigma transformado, quando recebemos *feedback* de nossos inevitáveis, mas despercebidos, padrões racistas, poderíamos ter sentimentos muito diferentes:

- Gratidão
- Ânimo
- Desconforto
- Culpa
- Motivação
- Humildade
- Compaixão
- Interesse

Quando temos esses sentimentos, podemos nos envolver com os seguintes comportamentos:

- Reflexão
- Pedido de desculpas
- Escuta
- Assimilação
- Busca de maior entendimento
- Enfrentamento da questão
- Comprometimento
- Crença

Quais alegações poderíamos fazer quando temos esses sentimentos e nos engajamos nesses comportamentos? Perceba que nenhuma das alegações a seguir nos caracteriza como falsamente acusados ou alheios à discussão. Elas sugerem abertura e humildade.

- Agradeço esse retorno.
- Isso é muito útil.
- É meu dever resistir à atitude defensiva e à complacência.
- Isso é difícil, mas é também estimulante e importante.
- Opa!
- É inevitável eu ter esse padrão. Quero mudá-lo.
- É pessoal, mas não estritamente pessoal.
- Vou me concentrar na mensagem, não no mensageiro.
- Necessito construir minha capacidade de suportar o desconforto e dar testemunho da dor provocada pelo racismo.
- Tenho um grande trabalho a fazer.

Esses sentimentos, comportamentos e alegações serão provavelmente menos familiares aos leitores porque são muito raros. Contudo, quando nosso entendimento fundamental do racismo estiver transformado, também o estarão nossas afirmativas e comportamentos disso decorrentes. Pense na diferença em nosso ambiente, interações, normas e políticas se a lista a seguir descrevesse nossas afirmativas:

- Ser bom ou mau não é importante.
- O racismo é um sistema multifacetado entranhado em nossa cultura.
- Todos nós nos socializamos no sistema do racismo.
- O racismo não pode ser evitado.
- Os brancos têm pontos cegos a respeito do racismo, logo, eu também.
- O racismo é complexo, e eu não tenho de entender cada nuance do *feedback* que recebo para poder validá-lo.
- Os brancos estão/eu estou inconscientemente comprometido com o racismo.

- A tendência é implícita e inconsciente; não posso ter a expectativa de uma autoconsciência total sem muito esforço contínuo.
- É um risco para as pessoas de cor nos darem *feedback* sobre o racismo de pessoas brancas. Portanto, podemos ter o *feedback* na conta de um sinal de confiança.
- É difícil dar *feedback* sobre o racismo branco; a maneira de eu recebê-lo não é tão relevante quanto o *feedback* em si mesmo.
- O antirracismo autêntico raramente é confortável. O desconforto é a chave de meu crescimento, logo, é desejável.
- O conforto branco mantém o *status quo* racial, portanto, o desconforto é necessário e importante.
- Não devo confundir conforto com segurança. Como pessoa branca que sou, estou segura em discussões sobre racismo.
- O antídoto para a culpa é a ação.
- É preciso coragem para romper com a solidariedade branca; como posso apoiar quem tem essa coragem?
- Carrego a história de meu grupo comigo; a história deixa suas marcas.
- Diante de minha socialização, é muito mais provável que eu seja a única que não entende a questão.
- Nada me desobriga das forças do racismo.
- Minha análise deve ser cruzada (um reconhecimento de que minhas outras identidades sociais — classe, gênero, habilidade — moldam a forma como fui socializada dentro do sistema racial).
- O racismo machuca (até mata) pessoas de cor 24 horas por dia, sete dias da semana. Interrompê-lo é mais importante do que meus sentimentos, ego ou autoimagem.
- Essas premissas podem interromper o racismo de várias maneiras, como as seguintes:
- Diminuir nossa atitude defensiva.
- Expor nossa vulnerabilidade.
- Demonstrar nossa curiosidade e humildade.
- Permitir o crescimento.
- Ampliar nossa visão de mundo.
- Garantir a ação.
- Demonstrar que praticamos o que dizemos valorizar.

- Construir relações de confiança autênticas.
- Interromper o privilégio e o conforto protetores.
- Quebrar a superioridade internalizada.

Quando pessoas brancas me perguntam o que fazer a respeito do racismo e da fragilidade branca, a primeira coisa que pergunto é: "Como é que você se habilitou a ser um profissional adulto, pleno e educado sem saber o que fazer a respeito do racismo?". Trata-se de uma pergunta sincera. Como fazemos para não saber nada disso com tanta informação ao nosso redor, quando as pessoas de cor vêm nos falando disso faz todos esses anos? Se levarmos essa pergunta a sério e mapearmos todos os caminhos pelos quais viemos a não saber o que fazer, teremos o mais perfeito guia diante de nós. Por exemplo, se minha resposta for que não fui educada sobre o racismo, sei que tenho de ser educada sobre isso. Se minha resposta for que não conheço pessoas de cor, precisarei construir relações. Se for porque não há pessoas de cor no meu meio, terei de extrapolar minha zona de conforto e mudá-lo. Interpelar o racismo não é algo que se possa fazer sem esforço.

Depois, digo: "Faça o que for necessário para internalizar as afirmativas acima". Tenho a convicção de que se nós, brancos, realmente partíssemos dessas posições, não apenas transformaríamos nossas relações interpessoais, como nossas instituições. Nossas instituições mudariam porque teríamos certeza do que elas fizeram. Nós simplesmente não podemos acabar com o racismo a partir de nosso paradigma atual.

O conselho final que ofereço é: "Tome a iniciativa e descubra por si mesmo". Para poderem romper com o condicionamento da branquitude — que nos torna apáticos diante do racismo e nos impede de desenvolver as habilidades de que carecemos para interrompê-lo —, os brancos têm de descobrir por si mesmos o que podem fazer. Dispomos atualmente de muitas orientações excelentes — escritas tanto por pessoas de cor quanto brancas. Procure. Rompa com a apatia da branquitude e demonstre estar tão envolvido que até une esforços.

Imagine, por analogia, que você vai a uma consulta, e a médica lhe diga que você tem um neuroma acústico. Enquanto ela lhe explica do que se trata e quais opções você tem, recebe uma chamada de urgência médica e precisa atendê-la, encerrando abruptamente sua consulta. O que você faria? Certamente, voltaria para casa, entraria na internet para ler tudo o que conseguisse encontrar sobre a doença. Você poderia entrar num grupo de discussão com pessoas que tiveram seu mesmo diagnóstico. Mesmo que a médica não tivesse precisado sair e tivesse podido explicar a doença e dado algumas orientações, você provavelmente ainda iria para casa e faria a mesma pesquisa, de modo a ter mais de uma opinião sobre uma doença tão decisiva — condição talvez até de vida ou morte. Resumindo: você estaria muito envolvido e buscaria informação. Então, tenha o racismo na conta de uma questão de vida ou morte (como realmente é para as pessoas de cor) e faça seu dever de casa.

O CONSERTO

Retomando o exemplo do ato de racismo que cometi contra minha colaboradora, podemos ver que segui uma série de passos, baseada na lista anterior de alegações e comportamentos (reflexão, defesa etc.) apresentados acima. Primeiro, uma vez consciente de meu comportamento problemático, parei para processar minha reação com outra pessoa branca. Não era dever de Angela cuidar de meus sentimentos ou se sentir pressionada a me tranquilizar. Também tomei o cuidado de escolher alguém que eu tinha certeza de que me consideraria confiável, não alguém que insistisse numa hipersensibilidade da parte de Angela. Depois que desabafei meus sentimentos (embaraço, culpa, vergonha e arrependimento), fizemos o melhor que pudemos para identificar de que modo eu reforçara o racismo. Então, eu estava pronta para reencontrar Angela. Eu tinha clareza e estava aberta a reencontrá-la e lhe perguntei se ela queria se reunir comigo. Eu estava preparada para ouvir um não. Se eu não pudesse aceitar um não como resposta, não estava pronta para fazer um pedido sincero de perdão.

Quando Angela e eu nos encontramos, dominei meu racismo. Não me concentrei em minhas intenções e, sim, no impacto provocado por meu comportamento e pedi perdão por ele. Nem usei um enquadramento hipotético como "*Se* você tivesse se ofendido". (Pedidos de perdão começados assim são esforços sutis de jogar o peso de nosso racismo sobre as vítimas. Estamos dizendo indiretamente que a ruptura não era inerentemente ofensiva — muitos não a consideram ofensiva mesmo —, mas se você tivesse se ofendido por conta de sua sensibilidade extrema, então, sentimos muito.) Eu simplesmente admiti que meu comportamento fora ofensivo. Ao reconhecer que eu, enquanto pessoa branca, assim como minha amiga branca que me ajudara a processar meus sentimentos, provavelmente não entenderíamos todas as dinâmicas, perguntei a Angela o que é que eu ainda não percebera. Ela queria me esclarecer ainda mais, e eu aceitei seu *feedback* suplementar e pedi perdão. E assumi o compromisso de passar a agir melhor. Encerrei perguntando a ela se havia algo mais a ser dito ou ouvido para que pudéssemos seguir avante.

Só então, avançamos. Hoje, temos maior confiança — não menor — em nossa relação do que tínhamos antes desse incidente. Embora eu me arrependa de tudo ter sido tão pesado para Angela, não foi o fim do mundo. Muitas pessoas de cor me asseguraram de que não desistiriam de mim, mesmo diante de meus padrões racistas; elas já esperam que terei um comportamento racista por conta da sociedade na qual me socializei. Não estão buscando perfeição, mas a capacidade de falar sobre o que aconteceu, a competência para consertar. Infelizmente, é raro haver pessoas brancas que dominem e consertem nossos inevitáveis padrões racistas. Por isso, as relações com os brancos tendem a ser menos autênticas para as pessoas de cor.

DAQUI PARA A FRENTE

No Capítulo 4, aconselhei os leitores a não dependerem das pessoas de cor para nossa educação racial e expliquei por que essa dependência é problemática. Alguns leitores podem ter ficado se perguntando como conseguiremos essa informação, se não a pedirmos às pessoas de cor. Podemos consegui-la de muitos modos interconectados. Podemos buscar informação em livros, sites, filmes e outras tantas fontes disponíveis. Muitas pessoas de cor *estão* comprometidas em ensinar brancos sobre o racismo (em seus próprios termos) e vêm nos oferecendo essa informação por décadas, para não dizer séculos. É nossa própria falta de interesse ou de motivação que nos impediu de recebê-la.

Também podemos exigir que essa informação nos seja dada nas escolas e nas universidades, sem que tenhamos de procurar cursos especiais, optativos para poder estar expostos a elas. Podemos nos envolver com organizações multirraciais e com organizações brancas engajadas em justiça racial. E podemos construir relações inter-raciais autênticas e estar sempre dispostos a ver, ouvir e aprender. Às vezes, dentro do contexto dessas relações, podemos fazer perguntas diretas e pedir informação explícita, mas isso nem sempre é necessário. Simplesmente pela força de viver uma vida integrada e de prestar atenção, aprenderemos tudo o que precisamos saber.

Vejam, os brancos têm conhecimento de aspectos de raça e racismo, e podemos facilmente despertar esse conhecimento com um mínimo de reflexão. Por exemplo, podemos refletir sobre as mensagens que recebemos, sobre os privilégios dos quais usufruímos, sobre como fomos socializados para sentir-nos superiores (mesmo negando que nos sentimos assim) e sobre como tudo isso pode se manifestar em nossas vidas.

Quando comecei nesse trabalho, receei receber das pessoas de cor *feedback* relativo a meus padrões e suposições racistas. Agora, agradeço por recebê-lo. Talvez, a mais poderosa lição que aprendi em termos de romper com minha própria fragilidade branca é que o *feedback* é um sinal positivo na relação. Naturalmente, ele raramente parece bom — tem vezes em que me sinto embaraçada ou na defensiva, mas também entendo que não tenho como evitar agir segundo padrões problemáticos; logo, se uma pessoa de cor confia em mim o bastante para assumir o risco de me dizer algo, então, estou no caminho certo.

Muitas pessoas de cor compartilharam comigo que nem se dão ao trabalho de dar *feedback* a uma pessoa branca se veem que ela não está disposta a aceitá-lo; preferem encarar as microagressões ou abrirem mão da relação. Elas não se sentem próximas de pessoas brancas com quem não possam falar honestamente sobre racismo, e essas relações sempre têm um grau de distância e de inautenticidade. Mesmo receando que, se nosso racismo for de algum modo revelado, as pessoas de cor em nossas vidas desistirão de nós, foi o contrário disso que aconteceu comigo. Quando nos comprometemos com o *feedback* e buscamos consertar a ruptura, a relação se aprofunda. Tentar minimizar nosso racismo não engana, nem traz para mais perto as pessoas de cor.

Pelo fato de que nunca me libertarei completamente do racismo, nem concluirei meu aprendizado, quais são as coisas de que tenho de me lembrar quando minha fragilidade branca vier à tona? Há várias respostas construtivas às quais podemos recorrer neste momento:

- Respirar.
- Ouvir.
- Refletir.
- Retomar a lista de suposições subjacentes deste capítulo.
- Recorrer a alguma pessoa com maior capacidade de análise se você se sente confuso.
- Usar o tempo que for preciso para processar seus sentimentos, mas retomar a situação e retornar às pessoas envolvidas.

Podemos romper com nossa fragilidade branca e construir nossa capacidade de alimentar a honestidade inter-racial mantendo-nos dispostos a tolerar o desconforto associado à avaliação e à discussão honestas de nossa superioridade internalizada e de nosso privilégio racial. Podemos questionar nossa própria realidade racial reconhecendo-nos como seres raciais com uma perspectiva de raça limitada e específica. Podemos tentar entender as realidades raciais das pessoas de cor mediante uma interação autêntica, e não por meio das mídias ou de relações desiguais. Podemos interpelar ativamente nosso próprio racismo, o racismo dos outros brancos e o racismo enraizado em nossas instituições. Todos esses esforços exigirão de nós desafio incessante à nossa própria socialização e aos nossos investimentos no racismo e na desinformação que assimilamos sobre as pessoas de cor. Podemos nos autoeducar sobre a história das relações das raças em nossos países. Podemos seguir a liderança das pessoas de cor na luta antirracista e trabalhar para construir relações inter-raciais autênticas. Podemos nos envolver em organizações em busca da justiça racial. E, o mais importante, precisamos romper o silêncio sobre raça e racismo com outras pessoas brancas.

A QUESTÃO DA CULPA

Em 1981, Audre Lorde exprimiu eloquentemente o que pensava da culpa branca à Conferência da Associação Nacional de Estudos das Mulheres:

> Não posso esconder minha raiva para poupá-las de culpa, nem mágoas ou raiva retroativa, pois fazer isso insulta e trivializa todos os nossos esforços. Culpa não é resposta para a raiva; é resposta às próprias ações ou à falta de ação de alguém. Se ela levasse à mudança, então poderia ser útil, visto que não mais seria culpa, mas princípio de conhecimento. Contudo, quase sempre, culpa é o outro nome de impotência, de atitude de defesa destrutiva da comunicação; ela se transforma em artifício de proteção da ignorância e de manutenção das coisas na forma em que elas estão, o último escudo da imutabilidade.[1]

Às vezes, perguntam se meu trabalho reforça e tira proveito da culpa branca. Todavia, não vejo meus esforços para revelar como a raça molda minha vida como uma questão de culpa. Sei que, pelo fato de ter sido socializada como branca em uma sociedade estruturalmente racista, tenho uma visão de mundo racista, um viés racial profundo, padrões racistas e investimentos no sistema racista que me elevaram de posição. Mesmo assim, não me sinto culpada pelo racismo. Não optei por essa socialização, nem ela pôde ser evitada. Sou, porém, responsável pelo papel que desempenho nela. Na medida em que eu tenha feito tudo a meu alcance, a todo momento, para interromper minha cumplicidade, posso descansar com uma consciência mais clara, mas ninguém alcança essa consciência clara com complacência ou sentimento de "cheguei ao topo".

Diferentemente de sentimentos pesados como a culpa, o trabalho contínuo para identificar minha superioridade internalizada e o modo como ela pode se manifestar é incrivelmente libertador. Quando começo da premissa de que *é claro* que fui completamente socializada dentro da cultura racista na qual nasci, não tenho mais necessidade de gastar energia negando o fato. Estou ansiosa — empolgada até! — para identificar minha inevitável conivência, de modo a distinguir como deixar de conspirar. A negação e a atitude defensiva necessárias para mantê-la são esgotantes.

UMA IDENTIDADE BRANCA POSITIVA?

Há muitos meios de abordar o trabalho antirracista; um deles é desenvolver uma identidade branca positiva. Aqueles que promovem esse meio geralmente nos sugerem desenvolver essa identidade positiva reivindicando a herança cultural que perdemos durante a assimilação à branquitude por parte das etnias europeias. Contudo, uma identidade branca positiva é uma meta inatingível. A identidade branca é inerentemente racista; brancos não existem fora do sistema supremacista branco. Isso não quer dizer que devamos deixar de nos identificar como brancos e começar a reivindicar apenas ser italianos ou alemães. Fazer isso é negar a realidade do racismo no aqui e agora, e essa negativa seria simplesmente um racismo daltônico. Em vez disso, luto para ser "menos branca". Ser menos branca é ser menos racialmente opressiva. Isso exige de mim ser mais racialmente consciente, ser mais bem educada a respeito do racismo e continuamente interpelar a certeza e a arrogância raciais. Ser menos branca é estar aberta, interessada pelas realidades raciais das pessoas de cor e ser solidária com elas. Posso construir um amplo, autêntico e bem embasado espectro de relações entre raças e aceitar que tenho padrões racistas. E, em vez de ser defensiva a respeito desses padrões, posso estar interessada em vê-los mais claramente, de forma a poder minimizá-los. Ser menos branca é romper com o silêncio e a solidariedade brancos, é deixar de privilegiar o conforto dos brancos à custa da dor do racismo para as pessoas de cor, é deixar a culpa pela ação. Esses padrões menos opressores são ativos, não passivos. Por fim, luto por uma identidade menos branca para minha própria libertação e senso de justiça. Não para salvar pessoas de cor.

ALGUMAS ESTRATÉGIAS PARA TRABALHARMOS JUNTOS

Quando faço uma palestra ou oficina, a pergunta número 1 dos participantes brancos é: "Como posso dizer isso e aquilo sobre o racismo deles sem desencadear a fragilidade branca?". Minha primeira resposta a esta pergunta é: "Como eu poderia falar de *seu* racismo sem acionar a *sua* fragilidade branca?". Com esta resposta, tento lançar luz sobre a alegação silenciada de que a pessoa que elabora a pergunta não faz parte do problema. Em outros termos, a pergunta distancia o participante do racismo; presume-se que o questionador não carece de *feedback* ou não se digladia com sua própria fragilidade branca. A pergunta da pessoa não denota humildade ou autorreflexão.

Depois de dizer isso, passo a apresentar algumas estratégias, tentando trabalhar nossa fragilidade branca com alguma delas. Primeiro, tento afirmar a perspectiva de uma pessoa antes de compartilhar a minha, e quando compartilho a minha, tento apontar o dedo para dentro, não para fora. Por exemplo, posso dizer: "Consigo entender por que você se sente assim. Eu me sentia do mesmo modo. Contudo, diante da oportunidade de trabalhar com pessoas de cor e ouvir suas perspectivas, consegui entender que...". Então, compartilho aquilo que vim a entender destacando como esse entendimento me diz respeito. Embora essa estratégia não apresente a garantia de diminuir a atitude defensiva, é difícil discutir com alguém que encara uma resposta como descoberta pessoal.

Também me dou algum tempo se me sinto perdida para responder de imediato. Quando temos uma relação constante com alguém, não há problema em levar algum tempo e retomar a questão mais tarde. Com essa estratégia, podemos, então, escolher o momento em que nos sentirmos mais preparados e sentirmos que a outra pessoa está aberta. Nesse caso, posso dizer: "Podemos conversar? Eu me senti desconfortável com nossa interação naquele dia, mas levei algum tempo para ver mais claramente a razão. Agora tenho mais clareza. Podemos retomar a conversa?". Então, faço o melhor para compartilhar meus pensamentos e sentimentos tão calma e sinteticamente quanto possível. Em última instância, não pretendo mudar a outra pessoa. É maravilhoso quando alguém ganha algum conhecimento com minha partilha. Porém, o objetivo que me guia é minha própria necessidade de romper com a solidariedade branca, mesmo quando é — como quase sempre — desconfortável. No fim, minhas ações são impulsionadas por minha própria necessidade de integridade, não pela necessidade de corrigir ou de mudar os outros.

PESSOAS DE COR CONVIVENDO COM A FRAGILIDADE BRANCA

Por vezes, pessoas de cor me perguntam como conviver com a fragilidade branca. Quem dera eu tivesse uma fórmula simples para lhes oferecer! Eu gostaria que parássemos de manifestar a fragilidade branca para que, assim, pessoas de cor não precisassem fazer essa pergunta. E além das estratégias discutidas até agora, há outra abordagem que as pessoas de cor podem considerar útil. Sempre que você — enquanto pessoa de cor — não quiser carregar o peso de denunciar o racismo de uma pessoa branca, mas também não queira deixá-lo para lá, você pode pedir a uma pessoa branca em quem confie para lidar com a questão. Embora abordar o racismo branco raramente seja fácil, os brancos podem seguramente assimilar o impacto de uma resposta hostil menos dolorosamente do que as pessoas de cor. Talvez haja até um pouco menos de fragilidade pelo fato de a intervenção estar vindo de outra pessoa branca. Essa estratégia também ajuda um apoiador branco a demonstrar comprometimento e a romper com a solidariedade branca.

Algumas pessoas de cor me disseram ser muito útil saber como é que elas se tornaram cúmplices da minha fragilidade branca. Ao responder a essa pergunta, primeiro devo deixar claro que conviver com a fragilidade branca é fundamentalmente uma questão de sobrevivência para as pessoas de cor. As consequências da fragilidade branca incluem horas de agonia, assim como consequências mais extremas como ser considerado uma ameaça, ou um perturbador. Essas avaliações enviesadas frequentemente levam a desemprego, a doenças derivadas do estresse, a acusações criminais e a institucionalização. Decidir sobreviver do jeito que for preciso é, portanto, uma decisão empoderada. É responsabilidade dos brancos serem menos frágeis; as pessoas de cor não precisam fazer das tripas coração, tentando conviver conosco do modo menos doloroso possível. Ainda assim, ao ajudar as pessoas de cor a decidirem o modo e a hora de romper com a fragilidade branca, posso compartilhar algumas maneiras que pessoas de cor me transmitiram.

Quando uma pessoa de cor me dá um *feedback* que considero injusto, me vejo tentada a procurar outra pessoa de cor para me assegurar de que sou uma boa pessoa. Essa busca por confirmação pressiona as pessoas de cor a se alinharem comigo, e não com a outra, ao concordarem que fui injustamente atacada. A empatia com pessoas aflitas cria a forte urgência de consolá-las e, em minha busca por esses confortos, estou, conscientemente ou não, tirando vantagem dessa urgência. Apesar disso, a busca por confirmação junto a pessoas de cor é inadequada. Minha necessidade funciona como "divida-para-conquistar", um tipo de estratégia. Além disso, minha busca por reconforto mantém o racismo ao reforçar a ideia de que o *feedback* foi um ataque injusto e/ou que havia um modo correto de comunicá-lo e que a pessoa de cor em questão quebrou as regras do comprometimento. Essencialmente, ao me queixar com outra pessoa de cor sobre a injustiça do *feedback* de outra pessoa de cor (não importa quão diplomática ou indiretamente eu tente mascarar minha queixa), estou pressionando uma pessoa de cor a conspirar com meu racismo.

O consultor em questões de igualdade Devon Alexander compartilhou comigo o que seja talvez a mais perniciosa forma de pressão sobre pessoas de cor: a pressão para fazer conluio com a fragilidade branca minimizando suas experiências raciais para acomodar a negação e a atitude defensiva brancas. Em outros termos, elas não compartilham sua dor conosco porque não somos capazes de lidar com elas. Essa acomodação exige um nível profundamente injusto de inautenticidade e de silenciosa resistência. Em um circuito racial viciado, a fragilidade branca funcionou para impedir as pessoas de cor de desafiarem o racismo em vista de evitar a indignação branca. Em contrapartida, não desafiar as pessoas brancas em seu racismo preserva a ordem racial e a posição dos brancos no interior dessa ordem.

EM CONCLUSÃO

O padrão do sistema atual é a reprodução da desigualdade racial; nossas instituições foram desenhadas para reproduzir a desigualdade racial, e o fazem com altíssima eficiência. Nossas escolas são particularmente eficientes nessa tarefa. Para seguir reproduzindo a desigualdade racial, o sistema só precisa que os brancos sejam realmente gentis e sigam adiante, sorriam para as pessoas de cor, sejam inter-racialmente amigáveis e almocem juntos sempre que haja oportunidade. Não estou lhe dizendo para não ser gentil. Suponho que seja melhor ser gentil do que perverso, mas gentileza não é o mesmo que coragem. A gentileza não porá o racismo na mesa e não o manterá ali quando todo mundo o quer fora. De fato, chamar a atenção das pessoas para o racismo é quase sempre visto como desagradável, e ser visto como desagradável aciona a fragilidade branca.

Romper com o racismo exige coragem e intencionalidade. A quebra não é, por definição, passiva ou complacente. Então, respondendo à pergunta "para onde vamos, a partir daqui?", frequentemente sugiro nunca considerar concluído nosso aprendizado. Mesmo que desafiar todo o racismo e superioridade que internalizamos seja rápido e fácil de fazer, nosso racismo se veria reforçado pelo fato de vivermos nessa cultura. Venho enfronhada nesse trabalho num espectro de variadas formas já faz anos e continuo a receber *feedback* de meus padrões refratários e de minhas suposições sem análise. Trata-se de um processo desordenado, para a vida toda, mas absolutamente necessário para alinhar os valores que professo com minhas ações reais. Ele também é profundamente envolvente e transformador.

RECURSOS PARA UMA EDUCAÇÃO CONTINUADA

Esta breve lista não faz justiça aos níveis de fontes excelentes disponíveis para quem queira tomar a iniciativa de buscá-las; ela é oferecida aqui como um ponto de partida.

LIVROS, ARTIGOS E BLOGS

ALEXANDER, Michelle. *The New Jim Crow; Mass Incarceration in the Age of Colorblindness*. Nova York: New Press, 2010.

ANDERSON, Carol. *White Rage: The Unspoken Truth of Our Racial Divide*. Nova York: Bloomsbury, 2016.

BIEWEN, John. *Seeing White*. Bibliografia em podcast. Center for Documentary Studies, Duke University, 2015. Disponível em: ‹http://podcast.cdsporch.org./seeing-white/seeing-white-bibliography›. Acesso em: 15 out. 2019.

BONILLA-SILVA, Eduardo. *Racism Without Racists: Color-Blind Racism and the Persistence of Racial Inequality in America*. 4th ed. Lanham, MD: Rowman & Littlefield, 2013 [2003].

BROWN, Dee. *Bury My Heart at Wounded Knee*. Nova York: Open Road Media, 2012.

COATES, Ta-Nehisi. *Between the World and Me*. Nova York: Spiegel & Grau, 2015;

_______. "The Case for Reparations." *Atlantic*, jun. 2014.

DYSON, Michael Eric. *Tears We Cannot Stop: A Sermon to a White America*. Nova York: St. Martin's Press, 2017.

FEAGIN, Joe R. *The White Racial Frame: Centuries of Radical Framing and Counter-Framing*. Nova York: Routledge, 2013.

GASKINS, Pearl Fuo (Org.). *What America Are You? Voices of Mixed-Race Young People*. Nova York: Henry Holt & Co., 1999.

IRVING, Debby. *Waking Up White: And Finding Myself in the Story of Race*. Boston: Elephant Room Press, 2014.

KAMENETZ, Anya. “Resources for Educators to Use in the Wake of Charlottesville”. *NPR*, 14 ago. 2017. Disponível em: ‹https://www.npr.org/sections/ed/2017/08/14/543390148/resources-for-educators-to-use-the-wake-of-charlottesville›. Acesso em: 15 out. 2019.

KENDI, Ibram X. *Stamped from the Beginning*. Nova York: Nation Books, 2016.

LEE, Stacey. *Unraveling the “Model-Minority” Stereotype: Listening to Asian American Youth*. Nova York: Teachers College Press, 1996.

_______. *Up Against Whiteness: Race, School, and Immigrant Youth*. Nova York: Teachers College Press, 2005.

LOWEN, James W. *Lies My Teacher Told Me: Everything Your American History Textbook Got Wrong*. ed. revista. Nova York: New Press, 2018.

MENAKEM, Resmaa. *My Grandmother’s Hands: Racialized Trauma and the Pathway to Mending Our Hearts and Bodies*. Las Vegas: Central Recovery Press, 2017.

MILLS, Charles W. *The Racial Contract*. Ithaca, NY: Cornell University Press, 1997.

MOORE, Eddie; MICHAEL, Ali; PENICK-PARKS, Marguerite W. *The Guide for White Women Who Teach Black Boys*. Thousand Oaks, CA: Corwin, 2017.

MORAGA, Cherríe; ANDZALDÚA, Gloria (Orgs.). *This Bridge Called My Back: Writings by Radical Women of Color*. Nova York: State University of New York Press, 2015.

MORRISON, Toni. *Playing in the Dark: Whiteness and the Literary Imagination*. Nova York: Random House, 1992.

OLUO, Ijeoma. *So You Want to Talk About Race*. Berkeley, CA: Seal Press, 2018.

RAISING RACE CONSCIOUS CHILDREN. Disponível em: ‹http://www.raceconscious.org›. Acesso em: 15 out. 2019.

SENSOY, Özlem; DIANGELO, Robin. *Is Everyone Really Equal? An Introduction to Key Concepts in Critical Social Justice Education*, 2ª ed. Nova York: Teachers College Press, 2017.

SHAHEEN, Jack G. “Reel Bad Arabs: How Hollywood Vilifies a People”. *Annals of the American Academy of Political and Social Science* 588, n. 1 (2003).

SINGLETON, Glenn. *Courageous Conversations About Race: A Field Guide for Achieving Equity in Schools*. 2ª ed. Thousand Oaks, CA: Corwin, 2014.

TATUM, Beverly. *Why Are All the Black Kids Sitting Together in the Cafeteria: And Other Conversations About Race*, ed. comemorativa de vinte anos. Nova York: Basic Books, 2017.

VAN AUSDALE, Debra; FEAGIN, Joe R. *The First R: How Children Learn Race and Racism*. Lanham, MD: Rowman & Littlefield, 2001.

WISE, Tim. *White Like Me: Reflections on Race from a Privileged Son*. Berkeley, CA: Soft Skull Press/Counterpoint, 2010.

FILMES

Chisholm ’72: Unbought and Unbossed. Shola Lynch, dir. e prod. REALside, 2004. Disponível em: ‹http://www.pbs.org/pov/chisholm›. Acesso em: 15 out. 2019.

A Class Divided. William Peters, dir. e prod. Yale University Films for *Frontline*, PBS. WGBH Education Foundation, 1985. Disponível em: ‹http://www.pbs.org./wgbh/frontline/film/class-divided›. Acesso em: 15 out. 2019.

The Color of Fear. Stirfry Seminars, 1994. Disponível em: ‹http://www.stirfryseminars.com/store/products/cof_bundle.php›. Acesso em: 15 out. 2019.

Cracking the Codes: The System of Racial Inequity. World Trust, 2013. Disponível em: ‹https://world-trust.org›. Acesso em: 15 out. 2019.

Eyes on the Prize: America's Civil Rights Years 1954-1965. Temporada 1. DVD. Produzido por Blackside for PBS, 2009. Disponível em: ‹https://shop.pbs.org/eyes-on-the--prize-amerrica-s-civil-rights-years-1954-1965-season-1-dvd/product/EYES600›. Acesso em: 15 out. 2019.

In Whose Honor? Jay Rosenstein, dir. On POV (PBS), estreia: 15 jul. 1997. Disponível em: ‹https://www.pbs.org/pov/inwhosehonor›. Acesso em: 15 out. 2019.

Mirrors of Privilege: Making Whiteness Visible. World Trust, 2007. Disponível em: ‹https://world-trust.org›. Acesso em: 15 out. 2019.

Race: The Power of an Illusion. Larry Adelman, prod. exec. San Francisco: California Newsreel, 2003. Disponível em: ‹https://www.pbs.org/race/000_General/000_00-Home.htm›. Acesso em: 15 out. 2019.

Reel Bad Arabs. Jeremy Earp, dir. Media Education Foundation, 2006. Disponível em: ‹https://www.imdb.com/title/tt0948465/›. Acesso em: 15 out. 2019.

The Revisionaries. Scott Thurman, dir. Making History Production, 2012. Disponível em: ‹https://www.pbs.org/independentlens/films/revisionaries›. Acesso em: 15 out. 2019.

A 13a emenda. Ava Du Vernay, dir. Netflix, 2016. Disponível em: ‹https://www.netflix.com/title/80091741›. Acesso em: 15 out. 2019.

AGRADECIMENTOS

Agradeço a Idabelle Fosse, Reagen Price, Marxa Marnia, Christine Saxman, Shelly Tochluk, Aisha Hauser, Tee Williams, Dana Buhl, Kent Alexander, Sincere Kirabo, Malena Pinkham, Myosha McAfee, Resmaa Menakem, Devon Alexander, Darlene Flynn, Erin Trent-Johnson, Glenn Singleton, Reverendo John Crestwell, Özlem Sensoy, Deborah Terry e Jason Toews por suas inestimáveis contribuições a vários aspectos desta obra.

Obrigada às muitas pessoas de cor cujo brilhantismo e paciência me orientaram nos últimos 25 anos. Vocês entendem a fragilidade branca e suas raízes na identidade branca muito mais do que jamais serei capaz de compreender.

À minha editora na Beacon Press, Rachael Marks, com quem é um sonho trabalhar! Meus agradecimentos mais sinceros por seu *feedback* perceptivo e encorajamento.

NOTAS

CAPÍTULO 1: OS DESAFIOS DE FALAR AOS BRANCOS SOBRE RACISMO

1. Angela Onwuachi-Willing, *According to Our Hearts: Rhinelander v. Rhinelander and the Law of Multiracial Family* (New Haven, CT: Yale University Press, 2013).
2. Larry Adelman, *Race: The Power of an Illusion,* vídeo (San Francisco: California Newsreel, 2003); Heather Beth Johnson e Thomas M. Shapiro, "Good Neighborhoods, Good Schools: Race and the 'Good Choices' of White Families", in *White Out: The Continuing Significance of Racism,* ed.: Ashley W. Doane e Eduardo Bonilla-Silva (Nova York: Routledge, 2003): 173-187.

CAPÍTULO 2: RACISMO E SUPREMACIA BRANCA

1. Luigi Luca Cavalli-Sforza, Paolo Menozzi e Alberto Piazza, *The History and Geography of Human Genes* (Princeton, NJ: Princeton University Press, 1994).
2. Richard S. Cooper, Jay S. Kaufman e Ryk Ward, "Race and Genomics", *New England Journal of Medicine*, 348, n. 12 (2003): 1166-1170.
3. Resmaa Menakem, *My Grandmother's Hands: Racialized Trauma and The Pathway to Mending Our Hearts and Bodies* (Las Vegas: Central Recovery Press, 2017).
4. Thomas Jefferson, *Notes on the State of Virginia: With Related Documents*, ed.: David Waldstreicher (Boston: Bedford/St. Martin's, 2002).
5. Nancy Leys Stepan e Sander L. Gilman, "Appropriating the Idioms of Science: The Rejection of Scientific Racism", in *The "Racial" Economy of Science: Toward a Democratic Future*, Org.: Sandra Harding (Bloomington: Indiana University Press, 1993).
6. Ta-Nehisi Coates, *Between the World and Me* (Nova York: Spiegel & Grau, 2015).
7. Ibram X. Kendi, *Stamped from the Beginning* (Nova York: Nation Books, 2016).
8. Thomas F. Gossett, *Race: The History of an Idea* (Nova York: Oxford University Press, 1997); Noel Ignatiev, *How the Irish Became White* (Nova York: Routledge, 1995); Matthew Frye Jacobson, *Whiteness of a Different Color: European Immigrants and the Alchemy of Race* (Cambridge, MA: Harvard University Press, 1999).

9. John Tehranian, "Performing Whiteness: Naturalization Litigation and the Construction of Racial Identity in America", *Yale Law Journal* 109, n. 4 (2000): 817-848.
10. Ignatiev, *How the Irish Became White*; Jacobson, *Whiteness of a Different Color*; David Roediger, *The Wages of Whiteness: Race and the Making of the American Working Class*, ed. revista. (1999; Nova York: Verso, 2003).
11. Roediger, *Wages of Whiteness*.
12. Para uma análise perspicaz dessa "barganha" entre a classe branca operária e a classe branca patronal, cf. Lillian Smith, *Killers of the Dream* (Nova York: W. W. Norton, 1949).
13. J. Kēhaulani Kauanui, "'A Structure, Not an Event': Settler Colonialism and Enduring Indigeneity", *Lateral: Journal of the Cultural Studies Association* 5, n. 1 (2016). Disponível em: ‹https://doi.org/10.25158/L5.1.7›. Acesso em: 15 out. 2019.
14. Stuart Hall, *Representation: Cultural Representation and Signifying Practices* (Londres: Sage, 1997).
15. Para um apanhado mais pormenorizado dessa documentação, cf. Robin DiAngelo, *What Does It Mean to Be White? Developing White racial Literacy* (Nova York: Peter Lang, 2016).
16. Marilyn Frye, *The Politics of Reality: Essays in Feminist Theory* (Trumansburg, NY: Crossing Press, 1983).
17. David T. Wellman, *Portraits of White Racism* (Cambridge, UK: Cambridge University Press, 1977).
18. Peggy McIntosh, "White Privilege and Male Privilege: A Personal Account of Coming to See Correspondence Through Work in Women's Studies", in *Race, Class, and Gender: An Anthology*, org.: M. Anderson e P. Hill, 9ª ed. (Belmont, CA: Wadsworth, 2012), 94-105.
19. Cheryl I. Harris, "Whiteness as Property", *Harvard Law Review* 106, n. 8 (1993): 1744.
20. George Lipsitz, *The Possessive Investment in Whiteness: How White People Profit from Identity Politics* (Filadélfia: Temple University Press, 2006), 1.
21. Ruth Frankenberg, "Local Whiteness, Localizing Whiteness", in *Displacing Whiteness: Essays in Social and Cultural Criticism*, org.: Ruth Frankenberg (Durham, NC: Duke University Press, 1997), 1.
22. Charles W. Mills, *The Racial Contract* (Ithaca, NY: Cornell University Press, 1997), 122.
23. *Ibidem*, 1.
24. Ta-Nehisi Coates, "The Case for Reparations", *Atlantic*, jun. 2014. Disponível em: ‹https://www.theatlantic.com/magazine/archive/2014/06/the-case-for-reparations/361631›. Acesso em: 15 out. 2019.
25. Mills, *The Racial Contract*, 40.
26. Haeyoun Park, Josh Keller e Josh Williams, "The Face of American Power, Nearly as White as the Oscar Nominees", *New York Times*, 26 fev. 2016. Disponível em: ‹https://nytimes.com/interactive/2016/02/26/us/race-of-american-power.html›. Acesso em: 15 out. 2019.; "All Time Box Office: Worldwide Grosses", Box Office Mojo, 2017. Disponível em: ‹http://www.boxofficemojo.com/alltime/world/›. Acesso em: 15 out. 2019.; US Department of Education, Office of Planning, Evaluation and Policy Development. Policy and Program Studies Service, *The State of Racial Diver-*

sity in the Educator Workforce. Diversity (Washington, D.C.: jul. 2016). Disponível em: ‹https://www2.ed.gov/rschstat/eval/highered/racial-diversity/state-racial-diversity-workforce.pdf›. Acesso em: 15 out. 2019; “Number of Full-Time Faculty Members by Sex, Rank, and Racial and Ethnic Group, Fall 2007”, *Chronicle of Higher Education*, 24 ago. 2009. Disponível em: ‹https://www.chronicle.com/article/Numberof-Full-Time-Faculty/47992/›. Acesso em: 15 out. 2019.

27. Harrison Jacobs, “Former Neo-Nazi: Here’s Why There’s No Real Difference Between ‘Alt-Right’, ‘White Nationalism’, and ‘White Supremacy’”, *Business Insider*, 23 ago. 2017. Disponível em: ‹http://www.businessinsider.com/why-no-difference-alt-right-white-nationalism-white-supremacy-neo-nazi-charlottesville-2017-8›. Acesso em: 15 out. 2019.
28. Derek Black, “‘The Daily’ Transcript: Interview wiht Former White Nationalist Derek Black”, entrevista de Michael Barbaro, *New York Times*, 22 ago. 2017. Disponível em: ‹http://www.nytimes.com/2017/08/22/podcasts/the-daily-transcript-derek-black.html›. Acesso em: 15 out. 2019.
29. Lee Atwater, entrevistado por Alexander P. Lamis, 8 jul. 1981, citado em Alexander P. Lamis, *The Two-Party South* (Nova York: Oxford University Press, 1984). O entrevistado foi originalmente descrito como uma fonte anônima; Atwater não foi identificado como a pessoa entrevistada até a edição de 1990 do livro. Essa entrevista também foi citada por Bob Herbert, “Impossible, Ridiculous, Repugnant”, *New York Times*, 6 out. 2005. Interpolações no original.
30. Joe R. Feagin, *The White Racial Frame: Centuries of Racial Framing and Counter-Framing* (Nova York: Routledge, 2013).
31. Beverly Daniel Tatum, “Breaking the Silence”, in *White Privilege: Essential Readings on the Other Side of Racism*, ed.: Paula S. Rothenberg, 3ª ed. (2001; Nova York: Nova York: Worth Publishers, 2008), 147-152.

CAPÍTULO 3: O RACISMO PÓS-MOVIMENTO DOS DIREITOS CIVIS

1. Martin Barker, *The New Racism: Conservatives and the Ideology of the Tribe* (Londres: Junction Books, 1981).
2. Eduardo Bonilla-Silva, *Racism Without Racists: Color-Blind Racism and the Persistence of Racial Inequality in America*, 4ª ed. (2003; Lanham, MD: Rowman & Littlefield, 2013).
3. *Ibidem*.
4. John F. Dovidio, Peter Glick e Laurie A. Rudman, eds., *On the Nature of Prejudice: Fifty Years After Allport* (Malden, MA: Blackwell Publishing, 2005); Anthony G. Greenwald e Linda Hamilton Krieger, “Implicit Bias: Scientific Foundations”, *California Law Review* 94, n. 4 (2006): 945-967.
5. Marianne Bertrand e Sendhil Mullainathan, “Are Emily and Greg More Employable Than Lakisha and Jamal? A Field Experiment on Labor Market Discrimination”, *American Economic Review 94*, n. 4 (Set. 2004): 991-1013.
6. Gordon Hodson, John Dovidio e Samuel L. Gaertner, “The Aversive Form of Racism”, *Psychology Prejudice and Discrimination (Race and Ethnicity in Psychology)* 1, (2004): 119-136.

7. Lincoln Quillian e Devah Pager, "Black Neighbors, Higher Crime? The Role of Racial Stereotypes in Evaluations of Neighborhood Crime", *American Journal of Sociology* 107, n. 3 (nov. 2001): 717-767.
8. Toni Morrison, "On the Backs of Blacks", *Time,* 2 dez. 1993. Disponível em: ‹http://content.time.com/time/magazine/article/0,9171,979736,00.html›. Acesso em: 15 out. 2019.
9. Robin DiAngelo, "The Sketch Factor: 'Bad Neighborhood' Narratives as Discursive Violence", in *The Assault on Communities of Color: Exploring the Realities of Race-Based Violence,* ed.: Kenneth Fasching-Varner e Nicholas Daniel Hartlep (Nova York: Rowman & Littlefield, 2016).
10. Joe R. Feagin, *Systemic Racism: A Theory of Oppression* (Nova York: Taylor and Francis, 2006); Kristen Myers, "Reproducing White Supremacy Through Casual Discourse", in Doane e Bonilla-Silva, *White Out,* 129-144: Johnson e Shapiro, "Good Neighborhoods, Good Schools", 173-188; Robin DiAngelo e Özlem Sensoy, "Getting Slammed: White Depictions of Race Discussions as Arenas of Violence", *Race Ethnicity and Education* 17, n. 1 (2014): 103-128.
11. Kenneth B. Clark e Mamie P. Clark, "Emotional Factors in Racial Identification and Preference in Negro Children", *Journal of Negro Education* 19, n. 3 (1950): 341-350; Louise Derman-Sparks, Patricia G. Ramsey e Julie Olsen Edwards, *What if All the Kids Are White? Anti-Bias Multicultural Education with Young Children and Families* (Nova York: Teachers College Press, 2006).
12. Jamelle Bouie, "Why Do Millennials Not Understand Racism?", *Slate*, 16 mai 2014. Disponível em: ‹http://www.slate.com/articles/news_and_politics/politics/2014/05/millennials_racism_and_mtv_poll_young_people_are_confused_about_bias_prejudice.html›. Acesso em: 15 out. 2019.
13. Leslie H. Picca e Joe R. Feagin, *Two Faced Racism: Whites in the Backstage and Frontstage* (Nova York: Taylor and Francis, 2007).
14. *Ibidem.*

CAPÍTULO 4: COMO A RAÇA CONFIGURA A VIDA DOS BRANCOS?

1. Carole Schroeder e Robin DiAngelo, "Addressing Whiteness in Nursing Education: The Sociopolitical Climate Project at the University of Washington School of Nursing", *Advances in Nursing Science* 33, n. 3 (2010): 244-255.
2. Melissah Yang, "Kinds of Shade", CNN.com, 13 set. 2017. Disponível em: ‹http://www.cnn.com/2017/09/13/entertainment/rihanna-fenty-beauty-foundation/index.html›. Acesso em: 15 out. 2019.
3. McIntosh, "White Privilege and Male Privilege".
4. Patrick Rosal, "To the Lady Who Mistook Me for the Help at the National Book Awards", *Literary Hub,* 1o nov. 2017. Disponível em: ‹http://lithub.com/to-the-lady-who-mistook-me-for-the-help-at-the-national-book-awards›. Acesso em: 15 out. 2019.
5. McIntosh, "White Privilege and Male Privilege".
6. *Ibidem.*
7. O condomínio foi fechado em 2011 depois de ter ido à falência em consequência de um processo movido pelo Southern Poverty Law Center.

8. McIntosh, “White Privilege and Male Privilege”.
9. Sheila M. Eldred, “Is This the Perfect Face?”, *Discovery News*, 26 abr. 2012.
10. Christine E. Sleeter, *Multicultural Education as Social Activism* (Albany, NY: SUNY Press, 1996), 149.
11. Exceto indicação em contrário, a informação dessa lista provém de OXFAM, “An Economy for the 99%”, resumo informativo, jan. 2017. Disponível em: ‹https://www.oxfam.org/en/research/economy-99›. Acesso em: 15 out. 2019.
12. Bloomberg Millionaire’s Index, 2017. Disponível em: ‹https://www.bloomberg.com/billionaires›. Acesso em: 15 out. 2019.
13. World Bank, *Annual GDP Rankings*, relatório, 2017. Disponível em: ‹http://data.worldbank.org/data-catalog/GDP-ranking-table›. Acesso em: 15 out. 2019.
14. Bloomberg Millionaire’s Index.
15. Matthew F. Delmont, *Why Busing Failed: Race, Media, and the National Resistance to School Desegregation* (Oakland: University of California Press, 2016).
16. Johnson e Shapiro, “Good Neighborhoods, Good Schools”.
17. George S. Bridges e Sara Steen, “Racial Disparities in Official Assessments of Juvenile Offenders: Attributional Stereotypes as Mediating Mechanisms”, *American Sociological Review* 63, n. 4 (1998): 554-570.
18. Kelly M. Hoffman, “Racial Bias in Pain Assessment and Treatment Recommendations, and False Beliefs About Biological Differences Between Blacks and Whites”, *Proceedings of the National Academy of Science* 113, n. 16 (2016): 4296-4301.
19. Zeus Leonardo, “The Color of Supremacy: Beyond the Discourse of ‘White Privilege’”, *Educational Philosophy and Theory* 36, n. 2 (2004): 137-152, publicado *on-line* em 9 jan. 2013.
20. James Baldwin, resposta a Paul Weiss, *Dick Cavett Show*, 1965, vídeo disponível em: ‹https://www.youtube.com/watch?v=_fZQQ7o16yQ›. Acesso em: 15 out. 2019.
21. Casey J. Dawkins, “Recent Evidence on the Continuing Causes of Black-White Residential Segregation”, *Journal of Urban Affairs* 26, n. 3 (2004): 379-340; Johnson e Shapiro, “Good Neighborhoods, Good Schools”.
22. Amy Stuart Wells, citada por Nikole Hannah-Jones, “Choosing a School for My Daughter in a Segregated City”, *New York Times Magazine*, 9 jun. 2016. Disponível em: ‹https://www.nytimes.com/2016/06/12/magazine/choosing-a-school-for-my-daughter-in-a-segregated-city.html›. Acesso em: 15 out. 2019.

CAPÍTULO 5: O BINÁRIO BOM/MAU

1. Barbara Trepagnier, *Silent Racism: How Well-Meaning White People Perpetuate the Racial Divide*, edição ampliada (orig.: 2006; Nova York: Paradigm, 2010).
2. Omowale Akintunde, “White Racism, White Supremacy, White Privilege, and the Social Construction of Race: Moving from Modernist to Post-Modernist Multiculturalism”, *Multicultural Education*, 7 n. 2 (1999): 1.
3. Derman-Sparks, Ramsey e Edwards, *What if All the Kids Are White?;* Debra Van Ausdale e Joe R. Feagin, *The First R: How Children Learn Race and Racism* (Lanham, MD: Rowman & Littlefield, 2001).

4. Maria Benedicta Monteiro, Dalila Xavier de França e Ricardo Rodrigues, "The Development of Intergroup Bias in Childhood: How Social Norms Can Shape Children's Racial Behaviors", *International Journal of Psychology*, 44, n. 1 (2009): 29-39.
5. Debra Van Ausdale e Joe R. Feagin, *The First R*.

CAPÍTULO 6: ANTINEGRITUDE

1. Frantz Fanon, *Black Skin, White Masks* (Nova York: Grove Press, 1952); Toni Morrison, *Playing in the Dark: Whiteness and the Literary Imagination* (Nova York: Random House, 1992).
2. Michelle Alexander, *The New Jim Crow: Mass Incarceration in the Age of Colorblindness* (Nova York: New Press, 2010); Bertrand e Mullainathan, "Are Emily and Greg More Employable Than Lakisha and Jamal?"; Philip Oreopoulos e Diane Dechief, "Why Do Some Employers Prefer to Interview Matthew, But Not Samir? New Evidence from Toronto, Montreal, and Vancouver", relatório de trabalho n. 95, Canadian Labour Market and Skills Researcher Network, fev. 2012. Disponível em: ‹https://papers.ssrn.com/sol3/papers;cfm?abstract_id=2018047›. Acesso em: 15 out. 2019.
3. Susan E. Reed, *The Diversity Index: The Alarming Truth About Diversity in Corporate America... and What Can Be Done About It* (Nova York: AMACOM, 2011).
4. Alexander, *The New Jim Crow*; Chauncee D. Smith, "Deconstructing the Pipeline: Evaluating School-to-Prison Pipeline Equal Protection Cases Through a Structural Racism Framework", *Fordham Urban Law Journal* 36 (2009): 1009; Pamela Fenning e Jennifer Rose, "Overrepresentation of African American Students in Exclusionary Discipline: The Role of School Policy", *Urban Education* 42, nº 6 (2007): 536-559; Sean Nicholson Crotty, Zachary Birchmeier e David Valentine, "Exploring the Impact of School Discipline on Racial Disproportion in the Juvenile Justice System", *Social Science Quarterly* 90, n. 4 (2009): 1003-1018; R. Patrick Solomon e Howard Palmer, "Black Boys Through the School-Prison Pipeline: When Racial Profiling and Zero Tolerance Collide", in *Inclusion in Urban Educational Environments: Addressing Issues of Diversity, Equity, and Social Justice*, org.: Denise E. Armstrong e Brenda J. McMahon (Charlotte, NC: Information Age Publishing, 2006), 191-212.
5. Para o ponto de corte de sete por cento e a fuga branca, cf. Bonilla-Silva, *Racism Without Racists*. Para o decréscimo da demanda habitacional, cf. Lincoln Quillian, "Why Is Black-White Residential Segregation So Persistent? Evidence on Three Theories from Migration Data", *Social Science Research*, 31, n. 2 (2002): 197-229.
6. Coates, "The Case for Reparations".
7. Menakem, *My Grandmother's Hands*, 7.
8. Ta-Nehisi Coates, "The First White President: The Foundation of Donald Trump's Presidency Is the Negation of Barack Obama's Legacy", *Atlantic*, out. 2017. Disponível em: ‹https://www.theatlantic.com/magazine/archive/2017/10/the-first-white-president-ta-nehisi-coates/537909›. Acesso em: 15 out. 2019.
9. Sherene Razack, *Looking White People in the Eye: Gender, Race, and Culture in Courtrooms and Classrooms* (Toronto: University of Toronto Press, 1998).
10. Carol Anderson, *White Rage: The Unspoken Truth of Our Racial Divide* (Nova York: Bloomsbury, 2016).

11. As ideologias nessa lista foram adaptadas de uma lista publicada em Özlem Sensoy e Robin DiAngelo, *Is Everyone Really Equal? An Introduction to Key Concepts in Critical Social Justice Education*, 2ª ed. (Nova York: Teachers College Press, 2017), 209.

CAPÍTULO 7: GATILHOS RACIAIS PARA BRANCOS

1. Michelle Fine, "Witnessing Whiteness", in *Off White: Readings on Race, Power, and Society*, org.: Michelle Fine, Lois Weis, Linda Powell Pruitt, and April Burns (Nova York: Routledge, 1997), 57.
2. Pierre Bourdieu, *The Field of Cultural Production: Essays on Art and Literature*, org.: Randal Johnson (Nova York: Columbia University Press, 1993).
3. Bourdieu classificou essas regras de cada campo de jogo como "doxa".
4. Pierre Bourdieu, *Distinction: A Social Critique of the Judgement of Taste* (Cambridge, MA: Harvard University Press, 1984), 170.
5. *Ibidem*.

CAPÍTULO 8: O RESULTADO: A FRAGILIDADE BRANCA

1. Don Gonyea, "Majority of White Americans Say They Believe Whites Face Discrimination", NPR, 24 out. 2017. Disponível em: ‹https://www.npr.org/2017/10/24/559604836/majority-of-white-americans-think-theyre-discriminated-against›. Acesso em: 15 out. 2019.
2. Kenneth B. Clark, *Prejudice and Your Child* (Boston: Beacon Press, 1963); Derman-Sparks, Ramsey e Edwards, *What If All the Kids Are White?*
3. Debian Marty, "White Antiracist Rhetoric as Apologia: Wendell Berry's *The Hidden Wound*", in *Whiteness: The Communication of Social Identity*, ed.: Thomas Nakayama e Judith Martin (Thousand Oaks, CA: Sage, 1999), 51.
4. *Ibidem*; T. A. Van Dijk, "Discourse and the Denial of Racism", *Discourse and Society* 3, n. 1 (1992): 87-118.
5. DiAngelo e Sensoy, "Getting Slammed".
6. Morrison, *Playing in the Dark*.
7. Bonilla-Silva, *Racism Without Racists*, 68.
8. Rich Vodde, "De-Centering Privilege in Social Work Education: Whose Job Is It Anyway?", *Journal of Race, Gender and Class* 7, n. 4 (2001): 139-160.

CAPÍTULO 11: LÁGRIMAS DE MULHERES BRANCAS

1. Cf., por exemplo, Stacey Patton, "White Women, Please Don't Expect Me to Wipe Away Your Tears", *Dame*, 15 dez. 2014. Disponível em: ‹https://www.damemagazine.com/2014/12/15/white-women-please-dont-expect-me-wipe-away-your-tears/›. Acesso em: 15 out. 2019.
2. *Ibidem*.

CAPÍTULO 12: PARA ONDE AGORA, A PARTIR DAQUI?

1. Lorde, "The Uses of Anger".

ESTA OBRA FOI IMPRESSA EM MARÇO DE 2023